중년탐구생활-송미정의 연애고수TV

중년탐구생활-송미정의 연애고수TV

발행일	2022년 1월 1일			

지은이	송미정			
펴낸이	손형국			
펴낸곳	(주)북랩			
편집인	선일영	편집	정두철, 배진용, 김현아, 박준, 장하영
디자인	이현수, 한수희, 김윤주, 허지혜, 안유경	제작	박기성, 황동현, 구성우, 권태련
마케팅	김회란, 박진관			
출판등록	2004. 12. 1(제2012-000051호)			
주소	서울특별시 금천구 가산디지털 1로 168, 우림라이온스밸리 B동 B113~114호, C동 B101호			
홈페이지	www.book.co.kr			
전화번호	(02)2026-5777	팩스	(02)2026-5747

ISBN	979-11-6539-822-4 03810 (종이책)	979-11-6539-823-1 05810 (전자책)

(주)북랩 성공출판의 파트너

북랩 홈페이지와 패밀리 사이트에서 다양한 출판 솔루션을 만나 보세요!

홈페이지 book.co.kr • **블로그** blog.naver.com/essaybook • **출판문의** book@book.co.kr

작가 연락처 문의 ▶ ask.book.co.kr

작가 연락처는 개인정보이므로 북랩에서 알려드릴 수 없습니다.

남녀관계의 본질을 콕콕 짚어내는

중년탐구생활

- 송미정의 연애고수TV

송미정 지음

파워 유튜버,
달콤쌉쌀한 연애의
절대 내공을 전수하다!

북랩 book Lab

Prologue ♡

안녕하세요, 연애고수 TV 송미정입니다.

이렇게 지면으로 여러분을 찾아뵙게 되어 너무나 반갑습니다. 사실 책을 내야겠다는 생각은 아주 오래전부터 하고 있었습니다. 20여 년이 넘는 기간 동안 '연애와 사랑'이라는 주제로 컨설팅을 하다 보니 그동안의 내용을 책으로 엮고 싶다는 생각을 하게 된 건 어쩌면 당연한 일이기도 했습니다.

작가로서의 송미정과 유튜버로서의 송미정을 동시에 계획했는데 먼저 유튜버가 되었습니다. 제가 일주일에 두 번 여러분에게 올리는 동영상의 시나리오는 A4지 분량으로 최소 4페이지입니다. 일주일에 최소 8장의 창작물이 나와야 하는 거죠. 제가 2019년 8월 14일 첫

업로드를 시작했으니까 여러분이 책을 접하는 시점은 최소 250편 이상의 동영상, A4지 1,000페이지 이상의 시나리오를 집필한 이후가 될 것입니다. 그래서 생각했습니다. 전혀 새로운 내용을 집필하는 것보다 그동안 쓴 시나리오 중 시청자 여러분이 좋아해 주시고 또 제가 들려드리고 싶거나 유익하다고 생각되는 내용들을 추려서 출판을 해야겠다고요.

어느 박사님께서는 연애고수 콘텐츠들을 보면 살아있는 학문같이 우리 삶에서 중요한 현실적인 것들이 잘 분석되고 정리된 느낌을 받을 때가 많다고 말씀해 주셔서 때론 용기를 얻기도 했습니다.

저도 이런 격려에 힌트를 얻어 특히 중년이 고민하거나 어려움을 겪는 것에, 그리고 더 행복을 누릴 수 있는 실질적인 방향에 착안한 내용들도 많이 다루고 있습니다.

요즘은 영상의 시대이다 보니 딱딱한 활자 위주의 책보다 아름답고 다양한 사진들을 곁들이는 게 여러분이 접하시는 데 편안할 거라는 생각도 했습니다.

다행히 제 옆에는 평범한 저를 늘 돋보이게 만들어 주시는 영상 연출의 대가 윤일기 교수님이(현 남서울대 광고홍보학과 교수) 계셔서 한결 아름답게 완성되었습니다.

송미정 이름으로 출판되는 저의 책은 여러분과 함께하는 발자취이며 여러분들의 사랑으로 완성된 작품입니다.

모두 내내 평안하시고 건승하십시오!

2021년 12월의 어느 날, 서재에서 송미정 드림

Contents ♡

사랑의 첫 번째 의무는
상대에게 귀 기울이는 것이다

The first duty of love is to listen.

- 폴 틸리히-

love **01**

: 여자의 어디를 좋아하세요?

- 취향별 남자 성향 분석

안녕하세요! 연애고수 TV 송미정입니다.

남자들이 여자의 신체 부위 중 어디를 좋아하는가, 즉 취향별 성향을 분석해 보려고 합니다. 아마 남자들 스스로 특별히 좋아하고 선호하는 여자의 특정 부위가 있다는 것을 느끼지 못했을 수도 있습니다. 그런데 잘 생각해보면 분명히 있습니다. 예쁜 여자 중에서도 '어떻게 예쁜 여자', 몸매 좋은 여자라고 해도 '어떤 몸매를 가진 여자' 등등 말이죠! 자신의 취향을 떠올려 보면서 이 책을 읽으면 더 재미있으실 거예요.

남자 분들! 여자를 처음 볼 때 어디를 많이 바라보시나요? 여자의 어느 부위를 좋아하시나요? 오로지 얼굴만 본다는 남자도 있고 가슴 큰 여자가 좋다는 남자도 있고 무조건 다리가 예뻐야 최고라는 남자도 있습니다.

또 외모가 중요하다는 사람도 있고 몸매가 우선이라는 사람도 있고요. 자! 남자들 스스로도 잘 모르는 여성 취향에 대해서 제가 한 번 분석해 보았습니다.

첫 번째, 청순가련형 외모가 좋다는 남자입니다.

이런 남자들의 특징은 여자를 별로 안 사귀어 본 사람들입니다. 선수들은 압니다. 청순가련형의 외모를 가진 여자들 중에서 내숭이 엄청 많다는 사실을요. 그리고 외모만 청순가련이지 성격은 정반대 일 경우도 많다는 사실을요. 그런데 왜 여자를 별로 안 사귀어 본 사람들은 청순가련형을 좋아할까요! 딱 눈으로 보이는 이미지만 가 지고 판단하기 때문입니다. 경험이 별로 없기 때문에 보이는 이미지 를 가지고 평소 자신이 이상형으로 원하는 여자를 그 이미지에 대 입시킵니다. 완벽한 여자가 마음속에 탄생하고 그런 여자를 만났다 는 사실에 설레하죠! 여자 입장에서 아주 다루기 쉬운 상대를 만난 겁니다.

두 번째, 왕가슴을 선호하는 남자입니다.

가슴 큰 여자를 싫어하는 남자는 없습니다만 여기서는 유난히 가슴 큰 여자에게 집착하는 남자의 특징을 말씀드리는 것입니다. 이런 남자는 결핍이 있습니다. 엄마를 일찍 여의었거나 모성에 대한 그리움을 가지고 있거나 여자에게 사랑을 받고 싶은 목마름이 있습니다. 이런 남자는 여자를 만나서도 만지거나 바라보는 것을 좋아하는 거지 막상 섹스를 그다지 즐기지 않는 경우가 많습니다. 또 서툰 경우도 많고요. 여자의 왕가슴에 얼굴을 묻고 싶은 거지 관계를 즐기는 건 아닙니다.

세 번째, 다리 예쁜 여자가 최고인 남자입니다.

술자리에 가서도 다리 예쁜 여자만 옆에 앉히는 남자가 있습니다. 매끈하게 빠진 다리만 보면 흥분된다는 남자가 있습니다. 이런 남자의 특징은 자신의 성기능이 약한 경우가 많습니다. 눈으로 보면서 흥분하고 즐기는 것뿐입니다. 막상 실전에서는 서툰 남자들이 예쁜 물건 옆에 두고 감상하듯이 감상하는 스타일입니다.

네 번째, 엉덩이 큰 여자를 좋아하는 남자입니다.

진정한 선수입니다. 섹스 그 자체를 무척 즐기는 남자입니다. 엉덩이에 열광하는 남자들은 여자를 볼 때 연상되는 이미지가 거의 그 여자와의 육체적인 관계입니다. 엉덩이 큰 여자를 선호하는 남자는 그 여자가 아주 테크닉도 뛰어나고 자신처럼 관계를 즐기는 여자였으면 좋겠다는 희망을 가지고 있습니다. 포르노도 좋아하고 자위도 많이 하는 남자입니다.

　다섯 번째, 손과 발이 예쁜 여자를 좋아하는 남자입니다.

　굉장히 예민한 성격을 가지고 있습니다. 여자를 만날 때 분위기 많이 따지는 스타일입니다. 여자와 감정의 교류가 무척 중요합니다. 이런 남자들은 가늘고 긴 손가락에 감동하고 여자의 예쁘고 작은 발을 좋아합니다. 좀 변태적이고 가학적인 관계를 원하기도 합니다. 취향 자체가 독특하기 때문입니다.

　여섯 번째, 몸매보다 얼굴을 중시하는 남자입니다.

　물론 모든 남자의 로망은 예쁜 여자를 만나는 것입니다만 여기서 말하는 경우는 심하게 외모를 따지는 남자이고 더 심하게는 연예인급 외모여야 설렘을 느끼는 경우입니다. 이런 남자의 특징은 여자의 이목구비 자체가 미인형이어야 하고 귀티가 나야 합니다. 기본적으로 연애 감정을 중요시하고 가벼운 스킨십을 좋아하고 조곤조곤 대화하는 것을 좋아합니다. 바라보는 것만으로도 너무 행복한 스타일입니다. 로망과 현실은 다르다는 것을 경험해 보았을 중년이 되어서도 이런 여자만 좋아한다면 여자를 많이 안 사귀어본 남자입니다. 아직도 이상형이 너무나 중요합니다. 소위 말해 눈이 높아 여자 잘 못 사귄다는 남자스타일입니다.

일곱 번째, 날씬한 몸매와 세련미를 좋아하는 남자입니다.

여자의 외모는 그다지 중요하지 않습니다. 성을 즐기는 유형입니다. 여자가 다른 사람에게 어떻게 보이는지가 중요한 유형입니다. 그러다 보니 스스로 운동도 열심히 하고 나이보다 젊게 보이려고 병원도 다니고 발기력이 유지될 수 있도록 자기관리도 열심히 합니다. 여자에게도 몸매 관리를 요구합니다. 여자의 성형을 당연시 받아들이는 타입입니다.

여덟 번째. 긴 머리나 생머리를 좋아하는 남자입니다.

여자에 대한 환상이 깨지지 않은 남자입니다. 미스코리아 대회를 보면 모두 긴 머리의 여성들이죠? 어렸을 때부터 가져왔던 아름다움에 대한 이미지를 그대로 가지고 있습니다. 여자는 광고에 등장하는 것처럼 긴 생머리에 샴푸 냄새 폴폴 풍기는 신비함을 가지고 있어야 한다는 주의입니다. 신비감이 사라지면 성욕도 사라져서 싫증도 빨리 내는 스타일입니다. 평생을 어린왕자처럼 살고 싶은 유형입니다. 친구들에게 아직 철이 덜 들었다고 놀림받기도 합니다.

아홉 번째, 여자의 학력이나 커리어가 중요한 스타일입니다.

자기 학력에 약간 콤플렉스가 있습니다. 아니면 최고 학력을 가졌지만 자신의 현재 커리어가 불만족스러운 사람들이 여자의 커리어에 집착하기도 합니다. 일반적으로 사람은 자기에게 없는 것을 상대에게 바라는 경향이 있기 때문입니다. 커리어가 마음에 든다면 외적인 다른 것들이 좀 부족해도 상관없습니다. 여자를 남들에게 자랑하고 싶고 여자가 잘나야만 자신의 가치도 올라간다고 생각하는 타입입니다.

열 번째, 나이 차이가 많이 나는 여자를 선호합니다.

여자든 남자든 나이들어 갈수록 젊은 사람을 좋아하죠. 녹음이 우거진 5월보다 4월의 연초록이 더욱 가슴 뛰고 설렘을 주는데 하물며 사람은 어떻겠습니까? 그런데 유난히 "여자는 40 넘어가면 끝났다."라든가 자신의 나이와 상관없이 여자의 나이는 30대를 넘어가면 안 된다고 생각하는 사람들이 있습니다. 이런 남자들은 여자를 대상화 시켜 바라봅니다. 여자는 늘 젊고 싱싱한 꽃이어야 합니다. 소통은 중요하지 않습니다. 나는 관리를 잘 해서 늘 청년 같고 젊은 오빠 같다고 스스로 세뇌시킵니다. 그렇기 때문에 나이와 상관없이 젊은 여자에게 통한다는 자부심으로 삽니다. 그 욕구를 충족시키기 위해서 돈이 필요합니다. 돈으로 젊음도 사고 사랑도 살

수 있다고 생각하며 살아갑니다.

열한 번째, 연상만 좋아합니다.

이런 타입은 결핍이 있습니다. 편안한 여자를 좋아합니다. 챙겨주는 거 잘 못합니다. 기본적으로 여자가 칭얼거리는 걸 못 참습니다. 여자와 관계를 쿨하게 유지하고 싶어 합니다. 경우에 따라서는 경제적인 이유나 다른 자기 콤플렉스가 있을 수도 있습니다.

이상 남자들이 특별히 선호하는 여성 스타일을 가지고 성향을 분석해 보았습니다. 어떤 이유에서건 좋아하는 것, 싫어하는 것에는 취향이 있고 이유가 있습니다. 너무 극단적인 경우만 아니라면 다들 좋아하는 사람과 연애하고 결혼하겠지요. 제가 예전에 결혼하는 사람들의 통계를 내보니까 이상형으로 생각하는 사람과 70% 정도 일치하는 사람과 결혼을 하더군요!

사랑이 깨지는 것보다 더 두려운 것은
사랑이 변하는 것이다

- 니체 -

love **02**

: 중년 돌싱이 재혼을 꺼리는 이유는?

　중년의 돌싱들이 재혼을 꺼리는 이유에 대해서 생각해 볼까 합니다. 우스갯소리로 결혼은 판단력 부족이고 이혼은 인내력 부족이며 재혼은 기억력 부족이라고 이야기 합니다. 결혼을 생각하는 중년의 싱글들에게 지인들은 걱정하는 눈빛으로 "결혼을 왜 해? 먹고 살 만하면 절대 다시 결혼하지 마." 등등 충고를 합니다. 물론 결혼하지 말라고 말리는 분들 대부분은 결혼 생활을 하고 있는 분들입니다. 나이들어가며 점점 늘어나는 주름과 두리뭉실해 가는 몸매에 근력도 줄고 자신감도 잃어가며 더 늦기 전에 재혼을 해야겠다는 생각이 드는 동시에 한편으로는 자유롭고 홀가분한 지금의 생활도 그리 나쁘지 않다는 생각을 하는 분도 많습니다. 그럼 혼자라는 외로움에도 불구하고 친구처럼 지낼 수 있는 좋은 사람과 함께하고 싶다는 소망에도 불구하고 중년들이 재혼을 꺼리는 이유에 대해서 살펴 보겠습니다.

첫 번째, 서로의 환경과 조건을 따집니다.

재혼을 생각할 때 느낌과 성격, 자신과 잘 맞는지 그리고 제일 중요한 안정적인 환경 여부를 중요하게 따지게 되죠! 그런 여러 부분이 잘 갖춰진 사람을 만난다는 게 결코 만만치 않다는 걸 직간접 경험을 통해 깨닫게 되는 나이대여서 그런 사람을 과연 만날 수 있을지 자신이 없습니다. 또 그런 상대가 있다 하더라도 나와 인연이 될까 라는 확신이 안 섭니다.

두 번째, 자녀 관계의 복잡성입니다.

재혼 후 가장 먼저 맞닥뜨릴 자녀 관계의 복잡성도 재혼을 꺼리는 요인입니다. 아이들 입장에서는 두 명의 부모를 갖게 되는 것이고, 자녀 결혼과 재산 분배 및 상속과 관련한 여러 문제가 생길 것이라는 불안감이 있습니다. 또한 상대가 재혼 후에도 '자기 애들, 자기 핏줄만 챙기지 않을까' 하는 걱정도 있고요. 배우자의 자녀와 내 자녀와의 원만한 관계 형성을 위한 노력은 필수지만 다 내 마음 같이 움직여 주진 않을 것이며 초혼과 달리 가족 간의 결속력은 현저히 떨어질 수밖에 없는 이유도 걱정을 배가 시키겠지요.

세 번째, 형식적인 부부로 살지 모른다는 두려움입니다.

재혼 후 밋밋하고 동거인처럼 생활하게 될까 봐 망설여집니다. 또한 홀가분하고 자유로웠던 싱글 때와는 달리 재혼 후 여자는 '밥해주는 집안 도우미로 전락하지 않을까' 하는 걱정이 있고 남자는 '자유를 구속당하고 생활비만 대주는 보험이 되지 않을까' 하는 걱정 때문에 '그럴 바엔 그냥 혼자 지내는 게 더 낫다'라는 생각을 하게 됩니다.

네 번째, 경제적 문제입니다.

제일 큰 두려움이겠죠? 연애할 때와는 달리 재혼 후 돈 때문에 고생할까 봐 불안해서 재혼을 망설입니다. 1+1이 2가 되고 경제적 안정과 좀 더 여유로운 생활을 할 수 있을 것 같아 재혼을 결심했지만 반대로 그나마 싱글일 때 누렸던 현재의 생활보다도 나빠질지 모른다는 걱정이 듭니다.

다섯 번째, 실패에 대한 두려움입니다.

재혼 후 또 실패할까 봐 망설이는 경우도 아주 많은데요. 두 번째 이혼은 자신뿐만 아니라 가족과 특히 자녀들한테는 정서적으로 치명적 상처로 남을 수 있기 때문이죠. 없으면 죽고 못 살 것 같았던 첫 번째 결혼도 실패한 내가 과연 이 사람과 영원히 사랑하고 잘 살 수 있을까에 대한 두려움이 있습니다. 지금 이 느낌 분위기에 대체로 호감이 있지만 그 감정이 얼마나 갈 수 있을지, 확신이 안 생깁니다. 더 나이 들면 재혼은 힘들 것 같아서 지금 성급히 결정하는 건 아닌지 많은 생각이 듭니다.

여섯 번째, 재혼할 마음의 준비가 되어 있는지 고민합니다.

초혼의 상처를 깨끗이 진단하고 치료했는지, 새로운 사람을 만나 있는 그대로 받아들이고 존중하며 새 가족 구성원을 중심으로 생활할 마음가짐이 되었는지 고민합니다. 이혼자라는 곱지 않은 시선에 나도 잘 살아 보겠다는 오기를 부리고 있는 건 아닌지, 전 배우자보다 좋은 조건의 상대를 만나 초혼의 불행을 행복으로 바꿔보겠다는 보상 심리를 은연중에 갖고 있는 것은 아닌지 자신에게 자꾸 물어보게 됩니다.

일곱 번째, 새로운 가족관계를 맺는 것에 대한 두려움입니다.

과거에도 배우자의 부모님이나 다른 가족들 때문에 힘든 일들이 많았는데 결혼 이후 배우자와는 사이가 좋다 하더라도 다른 가족들 때문에 또 힘든 일이 생기지 않을까 하는 걱정이 앞섭니다. 결혼은 두 사람만의 결합이 아니라 가족 간의 결합이기 때문에 가족 구성원들과의 갈등은 두 사람의 관계에도 영향을 미친다는 사실을 너무나 뼈저리게 경험했기 때문이죠.

여덟 번째, 자신이 재력가인 경우 더더욱 재혼이 망설여집니다.

재력가 돌싱 중에는 상대가 자신의 '돈'을 보고 결혼하려는 게 아닐까라는 불안한 마음을 가진 분들이 많습니다. 주변에 그런 예들도 많잖아요. 자기 건물에 사옥을 짓고 사업도 승승장구하고 자식에게 회사도 차려주고 해서 꽃길만 걸을 줄 알았던 제 지인이 재혼후 5년 만에 건물도 여자 오빠 명의로 넘어가고 아파트도 여자가차지하고 자식하고는 원수가 되어 버렸습니다. 다시 싱글이 된 지금, 가진 건 다 날렸어도 마음만은 편하다고 하는데 남자나 여자나결혼 잘못해서 재산 날리는 경우들이 있다 보니 재산 있는 돌싱들은 더 재혼하기가 두렵습니다. 특히 한쪽이 목적을 가지고 접근해서 차근차근 그 목적대로 상대를 조종할 경우 순진한 사람은 속수무책이 되는 경우도 생깁니다. 있는 사람은 있어서 재혼이 두렵고, 없는 사람은 없어서 재혼은 꿈도 못 꾸는 세상이 되었네요.

아홉 번째, 재혼 이후 상대가 확 달라질까봐 두렵습니다.

데이트할 때는 한없이 잘해주고 밝은 사람이었지만 결혼 전에 발

건하지 못했던 폭력적인 성향이라든가, 독불장군 고집이라든가, 의심하고 집착하는 성향 또는 우울증이 발견될까봐 두렵습니다. 연애할 때 모든 걸 다 알고 결혼 할 수는 없잖아요. 행복해야 할 재혼이 악몽으로 끝나지는 않을까 하는 두려움인거죠.

이상 재혼이 두려운 이유에 대해서 살펴보았습니다.

어느 사이트에서 설문조사한 걸 보았는데요, 재혼이 썩 내키지 않는다면 그 이유가 무엇입니까?'에 대한 조사결과 남자 응답자의 31.4%가 '돈 보고 올까 봐'로 답했고, 여자는 27.4%가 '밥하는 도우미로 전락할까 봐'로 답했답니다. 이어 남자는 상대 자녀 수용(25.8%), 재산 축 낼까 봐(21.4%) 잦은 의견 충돌(14.3%) 등의 순으로 답했습니다. 반면 여자는 병 수발로 답한 비중이 23.4%로 두 번째로 높았고, 고지식한 생각(18.3%)과 잦은 의견 충돌(14.3%) 등이 뒤를 이었네요.

여러 통계 조사를 봐도 재혼 후 실패하는 확률이 70% 이상이라는 데 역시 중년의 재혼은 여러 걸림돌과 수많은 난관을 뚫고 헤쳐나가야 하는 복잡하고 어려운 과정이네요. 재혼이라는 공식에 맞추어 사람을 만날 경우 자꾸 조건을 따지게 되어 좋아하는 마음에 대한 확신이 안 들고 외로움 때문에 재혼을 선택할 경우 둘이 있어 더 외로워질 수도 있고 사랑한다는 이유로 모든 걸 감수하고 재혼을 했을 경우 예상치 못한 난관들이 생겨서 억울하고 손해 보는 느낌이 들 수도 있습니다. 가장 이상적인 재혼은 이것저것 재고 따지는 머리로 하는 것이 아니라 사랑과 배려의 따뜻한 인간미를 기본으로 정서적 교감이 일치해야 하겠지요. 그래야만 웬만한 비바람에도 흔들리지 않는 결혼 생활이 될 것입니다.

돌싱 여러분! 실패가 두려워서 후회할까 봐 재혼을 안 하겠다는 생각보다는 좋은 사람을 찾아보겠다는 마음이시길 바랍니다! 자신의 지혜와 판단을 믿어 보세요.

사랑받고 싶다면 사랑하고
그리고 사랑스럽게 행동하라

If you would be loved, love and be lovable.

- 벤자민 프랭클랜 -

love **03**

**: 남편과 애인은 이렇게 다르네요!
남편이 애인이 될 수는 없나요?**

남편과 애인의 차이점은 무엇일까요?

부제로 '애인 같은 남편이 될 수는 없을까요?'입니다. 남편 같은 애인, 애인 같은 남편을 꿈꾸면서 이 원고를 집필했습니다. 티격태격, 오손도손 남은 생을 함께 싸우며 사랑하고 맞짱 떠야 할 부부 사이! 그런데 애인처럼 행동해 줄 수는 없을까요? 왜 남편은 영원히 남의 편일까요? 여자들이 생각하는 남편과 애인의 차이를 한번 알아볼까요?

첫 번째, 의식주로 잔소리하는 남편과 요구하는 것이 없는 애인.

음식이 짜니, 싱겁니 탓하면서 너는 이거밖에 못 하냐 하면서 티격태격 잔소리하는 남편 싫습니다. 애인은 내가 만든 음식이라면 무엇이든 맛있다고 잘 먹을 텐데 말이죠. 남편은 바지가 어디 갔냐, 와이셔츠를 잘못 다렸다 잔소리 하지만 애인은 알아서 말끔한 옷차림을 하고 뭘 해달라는 요구사항이 없습니다. 남편은 회사일 핑계 대고 매일 딴 사람들하고 술 먹고 늦지만 애인은 나랑만 술 먹고 싶어 하네요.

두 번째, 잠자리할 때 의무 방어전이라고 생각하는 남편과 만족시켜 주기 위해서 최선을 다하는 애인.

남편은 섹스를 할 때 전희 같은 건 귀찮나 봅니다. 잠시 애무해주나 했는데 곧바로 들이댑니다. 끝나고 나서도 피곤하다며 돌아누워버리고 할일 다했다는 식입니다. 혹 아내가 절정을 느끼기라도 하는 날이면 의기양양하여 나 같은 남편이 어딨냐, 최고의 남편 아니냐고 허세를 부립니다. 애인은 여자가 흥분될 때까지 전희를 해주고 관계를 하면서도 여자가 만족했는지 살핍니다. 여자가 오르가슴을 느끼면 신이 나서 또 하자고 보채고 자기를 남자로 다시 태어나게 해주었다면서 선물을 안깁니다.

세 번째, 주말도 바쁘다며 나가는 남편과 맛있는 거 먹으러 가자고 시간만 내달라고 하는 애인.

주말도 바쁘다며 아침부터 나가는 남편. 취미를 즐기러 가는 건지, 일 때문에 나가는지 몰라도 주말에도 얼굴 보기 힘드네요. 애인

은 자주자주 얼굴만 보여 달라 하고 시간 내서 맛있는 거 먹으러
가자고 보채네요.

네 번째, 시댁에 잘 못한다며 구박하는 남편과 아픈 친정엄마 걱
정해주는 애인.

시댁에는 전화 드렸냐, 그나마 쉬는 주말에 시댁가자 하고 자기
식구들만 챙기지만 애인은 아픈 친정 엄마 걱정해 주고 친정 부모
님 걱정하는 여자보고 효녀라고 칭찬해 줍니다.

다섯 번째, 살만 찌는 돼지냐고 핀잔주는 남편과 지금 이대로가
예쁘다고 위로해 주는 애인.

허리가 굵어졌느니 뱃살이 삼겹살이니 하면서 자존심 팍팍 상하
게 말하는 남편, 정말 성질납니다. 그러나 애인은 뱃살도 귀엽다며
나이 먹으면 그 정도는 다 찌는 거야라고 위로해 줍니다. 자존감 팍
팍 올라 갑니다.

여섯 번째, 집에 오면 잠만 자는 남편과 같이 있을 때 꿀 뚝뚝 떨
어지는 애인.

집에 들어오면 밥 먹고 샤워하고 혼자 곯아떨어지는 남편인데요.

대화하기가 싫은가 봅니다. 그러나 애인은 같이 저녁을 먹고 대화를 하고 얼굴에서 눈을 떼지 못하고 잠자는 시간도 아까워하면서 사랑한다는 표현을 시시때때로 합니다.

일곱 번째, 기념일이 귀찮은 남편과 기념일만 기다리는 애인.

아내는 생일이나 부부의 기념일을 기다리지만 남편은 그다지 관심 밖인데요, 하물며 아내의 생일까지 모르는 남편들도 많죠! 안다고 해도 남편은 마지못해 밥 한번 먹는 걸로 끝내는 경우가 대부분입니다. 이벤트는 꿈도 못 꿀 일이죠. 그러나 애인은 스케줄 표에 애인 생일을 진작부터 표시해 놓고 어떻게 이벤트를 해줄까 고민하면서 여자를 행복하게 해줍니다. 꽃다발과 선물은 기본이겠죠?

여덟 번째, 싸우면 아예 말문을 닫아버리는 남편과 어떡하든 화난 걸 풀어주려고 노력하는 애인.

남편과 싸움을 하면 며칠 동안 서로 대화도 안 하고 부인이 친정에 가버려도 혼자 있으니 차라리 홀가분하다면서 알아서 하라는 주의입니다. 그러나 애인은 화난 걸 풀어주기 위해 해명을 하고 다신 안 그러겠다는 약속을 하고 갖은 아양을 떱니다.

아홉 번째, 같이 차를 타고 갈 때 운전만 신경 쓰는 남편과 슬쩍

슬쩍 스킨십을 하고 왕비 대접 해주는 애인.

남편은 아내가 차를 타든 말든 관심도 없고 별 대화도 하지 않고 운전만 열심히 하죠. 그러면서 차타면 옆에서 잠만 잔다고 배려가 없다고 신경질 부립니다. 애인은 차탈 때부터 문 열어주지, 옆에서 재미난 얘기도 해주지, 자라고 의자 젖혀주지, 운전하는 내내 손을 놓지 않습니다.

열 번째, 용건이 없으면 통화할 일 없는 남편과 시간 될 때마다 안부를 묻는 애인

남편과는 필요한 통화만 하게 되고 아침에 문자하면 한참 지나서야 답을 해줍니다. 비가 오든 눈이 오든 아내가 아픈 걸 보고 나갔어도 안부 전화 한 번 안 하죠. 애인은 늘 반갑고 기쁘게 통화하고, 문자는 보내는 즉시 답이 오지요. 몸이 아프다고 하면 하루 종일 안절부절 못 하고 수시로 컨디션 체크하며 걱정해 줍니다.

열한 번째, 누가 계산하는지 신경 쓸 일 없는 남편과 이번에는 누가 내야 하나 고민하는 애인!

남편과 외식을 할 때는 누가 돈을 내든지, 지난번에 누가 냈는지 신경 쓰지 않습니다. 그때그때 주머니 사정 고려해서 계산하면 됩

니다. 애인과 식사할 때는 지난번에 누가 냈는지, 이번에는 누가 내야 할지 늘 신경을 쓰게 됩니다.

열두 번째, 미래를 의논하고 계획하는 남편과 미래가 없는 애인.
남편과는 늘 미래에 대해서 이야기합니다. 두 사람의 현실에 맞추어 계획을 세웁니다. 서로의 비자금 외에 모든 재산 상태가 공유됩니다. 애인과는 현재만 있을 뿐 미래는 없습니다. 애인과는 군이 헤어지자고 하지 않아도 언제든 헤어지는 게 이상하지 않습니다. 사실 비교가 안 되는 거지요. 이혼하고 같이 살자고 매일 보채던 애인이 와이프가 전화를 안 받아서 걱정된다며 관계를 하다 말고 모텔을 뛰쳐 나가더랍니다. 그 말 믿고 진짜 이혼했다면 어찌 되었을까요?

열세 번째, 숨길 게 없고 편안한 남편과 숨길 게 많고 불편한 애인.
남편에게는 숨길 게 없는데요. 아침에 부스스하게 일어나도, 머리도 안 감은 채 돌아다녀도, 늘어난 뱃살이 보여도 편안합니다. 늙어도 몸이 아파도 기댈 수 있는 울타리입니다. 미워도 고워도 끝까지 서로 책임져야 하는 존재입니다. 애인에게는 예쁘게만 보여야 합니다. 화장한 모습만 보여주어야 합니다. 힘들다고 얘기하면 부담스러워할까 봐 좋은 것만 얘기합니다. 애인에게는 존재 자체만 빼고 모든 걸 감추려고 합니다.

독자 여러분!

지금까지 남편과 애인의 차이점에 대해서 말씀드렸는데요. 공감
이 가시나요? 이번 편은 그래서 남편보다 애인이 좋다는 게 아니라
'남편이 애인 같다면 얼마나 좋을까'라는 바람을 적어 놓은 것입니
다. 같이 사는 남자에게 바라는 게 무엇인지 아시라고 비교해 드렸
습니다. 남편들이 잡은 물고기는 신경도 안 써주고 가족으로만 아
내를 대하는 건 잘못되었다는 생각입니다. 남의 여자에게 잘 보이
고 싶고 잘 해주는 거 반만이라도 아내에게 신경 쓴다면 심각한 부
부 갈등이나 황혼이혼은 확 줄어들 것입니다. 아내들이 궁극적으
로 원하는 것은 잘난 남자가 아니라 따스하게 배려해 주는 자상한
남자거든요.

love **04**

: 이럴 때 남편과 이혼하고 싶다

오늘의 주제는요, 이럴 때 '아내들은 남편과 이혼하고 싶다'입니다. 부부 관계는 하루아침에 깨지지 않는데요. 부부는 대부분 금이 간 관계를 봉합하기 위해 노력합니다. 그런데 그런 노력에도 불구하고 이혼하고 싶을 때는 한두 번이 아닙니다. 누구 하나 속 시원히 져주지도 않고 싫다는 행동 고치려고 하지도 않고 반대로 잔소리는 끊이지 않고 돈도 없는데, 한쪽은 열심히 아끼고 모으는데 한쪽은 놀고 쓰고 맘대로 하고…. 전쟁은 끝이 없습니다. 이번 편에서는 아내가 남편과 이혼하고 싶을 때의 유형을 전해드릴게요. '아내만 그런 순간이 있냐. 남편도 매일매일 이혼하고 싶다'라는 분도 계실 겁니다. 그 부분은 다른 편에서 다루어 보겠습니다.

첫 번째, 대화가 통하지 않고 벽을 보고 이야기하는 느낌입니다.

가장 흔한 이혼 사유는 성격 차이라고 하죠. 같은 마음을 가지고 결혼한 부부도 연애 때 미처 알지 못했던 상대방의 습관이나 기대와는 다른 모습들을 보고 살면서 실망을 많이 합니다. '결혼하고 배우자가 더 좋아졌다'라는 커플은 별로 없더라고요. 특히 결혼 생활에 매우 중요한 자녀양육 문제나 중요한 일을 결정할 때 의견이 달라서 답답하기도 하고 공감도 안 되고 위로도 안 되고 말을 해봤자 상대방이 어떻게 나올지 알기 때문에 싸우기 싫어서 서로 대화를 피해 버립니다. 특히 남편들은 "당신이 알긴 뭘 알아?" 하면서 아내를 무시하고 아내가 하는 말은 무조건 잔소리라고 치부해 버립니다. 벽에다 얘기하는 느낌이 들 때마다 아내들은 이혼하고 싶어집니다.

　두 번째, 남편이 바람피우다가 걸렸을 때입니다.

　부부 사이에 신의는 제일 중요한 문제인데요. 일회성 외유는 한 번쯤 눈 감아 주기도 하지만 내 남편이 일회성이건 지속적이건 딴 여자와 데이트를 하고 몸을 섞는 것을 용서할 아내는 없습니다. 불륜은 심각한 것입니다. 남편의 외도로 인한 가정불화는 그나마 인내하고 살고 있는 아내들의 마음에 불을 지르는 결과입니다. 외도하는 남편들이 그 원인을 아내에게 돌리는 경우가 많습니다. 아내가 관계를 싫어한다든가, 지저분하고 살림을 엉망으로 한다거나, 너

무 사납게 군다거나 등등의 이유로 아내가 싫어져서 외도를 한다고
합니다. 일견 맞는 말입니다. 습관성 바람둥이가 아닌 이상 서로 만
족한다면 외도할 일이 없겠지요. 그렇지만 문제가 있으니 나는 바
람피운다는 논리는 틀렸습니다. 문제가 있으면 부부가 같이 문제를
해결하려고 노력해야 하고 해결이 불가능하다면 차라리 이혼을 하
고 다른 여자와 즐겨야 합니다. 아내에게 외도의 책임을 돌리면서
외도하는 남편을 보면 아내는 이혼하고 싶어집니다.

세 번째, 돈 때문에 스트레스 받고 괴로울 때입니다.
대다수 부부들이 돈 문제로 많이 싸우죠. 아내 입장에서는 나갈
돈은 많은데 남편이 허구한 날 친구들과 어울리며 앞장서서 술값을
낸다거나 일할 생각도 안 하고 집에서 놀면서 생활비에 허덕이다 보
면 말싸움도 하게 되고 이혼하고 싶어지죠. 남편 입장에서는 돈!
돈! 돈! 아내가 허구한 날 돈 없다는 얘기만 하다 보니 돈 때문에
원수가 되어 버립니다.

네 번째, 손 하나 까딱하지 않을 때입니다.
권위적인 성격이거나 게을러서 집에 오면 손 하나 까딱하지 않는
남편들이 아직도 많이 있는데요. 이런 분들 늙어서 고생하실 거에

요. 아내들은 이런 남편을 진절머리나 하고 '늙어서 두고 보자' 하고 이를 갈고 있을 겁니다. 그나마 돈을 벌어 올 때는 참고 살다가 정년이 되어 돈 벌이가 없어지면 아내는 이혼하고 싶다는 생각을 더 자주 하게 됩니다. 지금부터라도 미리미리 가사 분담을 해보세요.

다섯 번째, 아무데서나 방구 북북 뀌고 잘 씻지도 않고 지저분한 남편! 잔소리도 한두 번이지요. 소리도 진짜 짜증나요. 밥맛 뚝 떨어져요. 그러지 좀 말라고 한 천 번은 말한 것 같은데 그럴 때마다 생리현상인데 뭐 어떠냐고 오히려 짜증냅니다. 사람 얼굴에다가도 방구를 뀝니다. 그러면서 "헤헤헤, 귀엽지?" 이러는데 한 대 때려주고 싶습니다. 또 코 푼 휴지를 아무데다 던져버리고 냄새 나는 양말을 거실에 벗어 놓고 식사하고 씻지도 않고 입 냄새 풍기면서 코를 곱니다. 연애할 때 이렇게 더러운 남자인줄 알았다면 절대 결혼하지 않았을 거라고 내가 눈이 삐었다고 수백 번도 더 한탄합니다.

여섯 번째, 경제권을 쥐고 일일이 간섭할 때입니다.

요즘은 맞벌이 부부가 많다 보니 각자 경제권을 가지고 사는 경우가 많이 있는데요. 하지만 전업주부이거나 어떤 이유로 남편이 경제권을 쥐게 되는 경우 평생 돈 가지고 잔소리를 해대서 스트레스를 받는다는 아내들이 많습니다. 꼼꼼히 체크하는 걸로 모자라 마트에서 장만 봐도 카드 알림을 해놓아서 뭘 샀느냐, 왜 샀느냐 일일이 간섭할 때 아내는 돈 좀 번다고 유세하나 싶고 자존심 상해하는 경우가 많습니다. 스트레스로 이혼하고 싶은 마음이 굴뚝 같습니다.

일곱 번째, 의처증이 심한 경우입니다.

의처증은 사랑이라는 이름으로 포장되지만 사실은 치료 받아야 하는 병입니다. 열등감이 심하거나 자격지심이 있거나 등의 이유로 별다른 이유 없이 아내를 의심하고 위층 남자와 인사만 해도 어떤 사이냐고 캐묻습니다. 경우의 차이는 있겠지만 의처증이 있는 남편을 둔 아내는 남편과 헤어지고 싶습니다.

여덟 번째, 변태적인 남편입니다.

섹스를 할 때 포르노에서 나오는 것처럼 변태적인 행동을 심하게 아내에게 요구하는 경우인데요. 이런 관계를 하고 싶을 때는 서로 합의를 해야 유쾌한 놀이가 될 텐데요. 합의되지 않는 행위를 요구할 경우 아내는 자존심도 상하고 성매매 여성이 된 듯한 불쾌감도 있습니다. 지난번 어떤 예능 프로에서 32시간마다 관계를 해야 하는 남편 때문에 아내가 힘들다는 사연이 소개 된 적도 있습니다. 어쩌다 이벤트로 남편이 원하는 체위를 시도해 볼 수 있지만 기억 하세요. 아내도 동의하고 만족해야 합니다!

아홉 번째, 싸우기만 하면 나가서 자는 남편입니다.

욱하는 성격에 생각 안 하고 막말하는 성격에 욕도 잘하고 성질 나면 자기 분에 못 이겨서 미친 사람처럼 날뛰는 남자입니다. 싸우 기만 하면 아내와 대화로 풀 생각은 안 하고 밖으로 나가버려 집에 들어오지 않을 때 아내는 영원히 들어오지 않기를 기도합니다.

열 번째, 말꼬리 잡고 늘어지고 모든 것을 아내 탓을 하는 남편입 니다.

아내가 뭔가 지적하면 "너는 그런 적 없냐"면서 예전 일까지 끄집 어내어 말꼬리 잡고 늘어집니다. 그러면서 살면서 문제가 생길 때마 다 자기는 잘못한 게 없고 모든 원인을 아내가 제공했기 때문이라 고 이야기합니다. 아내는 답답해서 화병이 걸릴 지경입니다.

이외에도 상습적인 폭행이나 빨래를 아무데나 집어던져 놓는다 거나 화장실을 더럽게 쓰고 뒤처리도 안 하는 남편 등이 아내가 이 혼하고 싶은 순간으로 꼽았습니다.

이상 남편과 이혼하고 싶은 아내의 이유에 대해서 살펴보았는데
요. 원만한 부부생활을 하기 위해서는 상대가 좋아하는 것 열 가지
를 하는 것보다 상대가 싫어하는 것 한 가지를 하지 말아야 한다는
게 제 생각입니다. 싫어하는 것을 반복할수록 장점은 안 보이고 싫
다는 생각만 머릿속에 강해집니다. 다음에는 아내와 이혼하고 싶은
남편들의 심정도 한번 얘기해 보겠습니다.

사랑이란 서로 마주보는 것이 아니라
둘이서 같은 방향을 바라보는 것이라고
인생은 우리에게 가르쳐 주었다

Love has taught us that love does not consist in gazing at each other
but in looking outward together in the same direction.

- 생떽쥐베리 -

love 05
: 대물 좋아하고 남자 밝히다가
인생 바뀐 여자 이야기

50대 중반의 남자 밝히는 여자 이야기입니다. 여자는 예쁜 얼굴은 아니었지만 외모로만 보면 선생님 같은 단정한 외모에 시골 처녀 같은 분위기를 풍겨 처음 보는 남자들은 남자 손 한 번 못 잡아 본 순진한 여자라고 느낍니다. 그런데 이런 외모와 달리 여자는 20대부터 놀기 좋아하고 남자 좋아하고 술을 좋아해서 직장에 다녀도 저축은커녕 항상 마이너스로 사는 그런 인생이었습니다. 카드 대출받아서 다른 카드에 돌려막기 하면서 월급을 거의 유흥비로 쏟아부었다고 합니다.

그러다가 시집갈 나이가 되자 가진 건 없고 돈은 펑펑 쓰고 싶다 보니 돈 많은 남자를 만나서 시집가야겠다는 생각밖에 없었데요. 그래서 선을 보게 되었는데요. 약 20번가량 봤답니다.

　다른 남자들하고 만나서 즐기면서도 결혼을 위한 선은 계속 본 거죠. 마지막 20번째 선본 남자를 결혼 대상자로 선택합니다. 아주 뚱뚱하고 볼품은 없었지만 돈이 많다는 이유 한 가지였습니다. 직장도 그만두고 만난 지 두 달 만에 결혼을 했습니다.

　그 남자에게 여자는 아주 요조숙녀인 것처럼 행동했고요. 첫 남자라고 거짓말까지 했습니다. 외모가 그러하다 보니 남자는 깜빡 속아 넘어 갔고요. 그리고 결혼식을 하고 두 사람은 신혼여행을 갔는데 거기서 여자가 아주 김이 새버렸답니다. 이 남자의 페니스가 정말 번데기였다네요. 발기가 됐는데도 하는 건지 안 하는 건지 전혀 느낌이 없었고요. 정말 엄지손가락만큼 작았대요. 그렇지 않아도 이 남자 저 남자, 남자 맛을 알고 있었고 관계를 엄청 좋아했던 여자는 너무 당황하기도 하고 너무 실망을 했죠. 신혼여행 다녀와서 6개월 사는 동안 매일 고민했다는군요. 이 남자하고 살다가는 그 좋아하는 섹스를 즐길 수 없기 때문이죠. 짧은 결혼 생활 동안에도 여자는 자신의 욕구를 채우기 위해 나이트클럽도 다니고 다른 남자와 원나잇도 즐기곤 했는데요. 남자도 자기 구실을 제대로 못해서인지 여자가 늦게 다녀도 뭐라 말도 못했다 합니다. 남편하고는 결혼 후 6개월 동안 관계를 10번도 안 했다고 하니 섹스를 좋아하는 여자 입장에서는 미치고 팔짝 뛸 노릇이었을 거고요. 그래서 고민 끝에 여자는 남자에게 이혼을 요구합니다. "당신과 나는 서로 맞지 않아 같이 살 수 없다"라고요. 자기는 밥 먹는 것보다 잠자리가 더 좋은 여자인데 이렇게 살 수는 없다고 강력하게 이야기합니다. 남자는 여자를 설득해 보려 했으나 워낙 여자가 완강했고 또 남자 스스로도 여자를 만족시킬 자신이 없었기 때문에 6개월 만에 합의이혼을 합니다.

그렇게 좋아하는 돈도 필요 없다면서 과감하게 이혼을 선택한 여자는 이번에는 거시기가 작으면 절대 결혼을 안 해야겠다고 마음을 먹습니다. 그리고 3개월 후 다른 남자와 사귀게 되었는데요. 이번에는 데이트하면서 그 남자와 잠자리도 해보고 전 남편 거보다는 좋았는지 두 번째 결혼을 합니다. 여자가 재혼을 한 이유는 직장 다니기 싫으니까 남자 월급이 필요했거든요. 그렇게 3년을 살았는데요. 여자는 하루가 멀다 하고 남자에게 관계를 요구합니다.

남자가 정말 좋아하지 않으면 매일 하기 쉽지 않은데 여자는 하루에도 몇 번씩 요구를 하니 결국 이번에는 남자가 여자의 색기에 내 명에 못 죽겠다 싶어 이혼을 요구합니다. 여자는 두 번째 이혼을 합니다. 여자는 한 남자에게 정착을 못 한다기보다 엄청 관계를 좋아하는 색녀라는 표현이 맞을 것 같네요. 이 여자는 어느 정도였냐면 거리를 가다가 지나가는 남자를 보면서 저' 남자랑 자보고 싶다'

라든가 '저 남자의 잠자리 테크닉은 어떨까' 하고 혼자 상상을 해본답니다. 본인과 아무 상관도 없는 남자를 보면서요. 거기에다가 하루도 관계를 안 하면 몸이 아프고 입맛도 없다 하니 타고났다고밖에 더 얘기할 게 없네요.

여자는 이제 돈이 필요해도 다시는 결혼할 생각은 하지 않았다 합니다. 자기를 만족 시켜줄 남자를 만날 수 없기 때문이었죠. 아예 즐기고 다녀야 겠다는 생각을 했어요.

그래서 이태원 동두천 클럽에 다녔는데요, 그러면서 자연히 외국인들과 어울리는 자리가 많아졌어요. 한국 남자들은 양에 차지 않았는지 백인 흑인들과 즐기고 다닙니다. 그렇게 문란한 생활을 하던 중 미군 부대의 흑인과 동거를 시작합니다. 여자는 자기가 원하는 큰 남자를 만나서 1년 동안 그 흑인한테 푹 빠져서 살게 되었어요. 여자는 자기가 원하는 남자와 살면서 일 년 동안 꿈같은 시간을 보냈다고 합니다.

그런데 1년이 지나서 흑인 남자는 한국 복무기간이 끝나 미국으로 돌아갔습니다. 남자를 놓치기 싫었던 여자는 그 남자랑 미국으로 가서 같이 살고 싶다는 기대를 했지만 그 흑인 남자는 초대장을 보내겠다는 약속을 어기고 여자에게 연락 한 번 없었어요. 뻔한 거죠 뭐. 서로 즐긴 거니까요. 여자는 팽 당한거고요. 남자가 떠난 후로 여자는 거기서 빠져 나올수가 없었대요. 결국 클럽에서 몸을 파는 여자로 전락해버립니다. 매일 술을 먹고 외국인과 잠자리를 하고 그런 인생을 10년간 해왔는데요.

그러던 중 보건증을 갱신할 겸 정기검진 받으러 병원에 갔는데 자궁암이라는 진단을 받습니다. 병원에서 자궁을 들어내고 수술해서 완치는 되었으나 더 이상 클럽생활을 할 수가 없게 되었죠. 그동안 모아둔 돈도 없었고요. 그제서야 여자는 깨달았답니다. 그동안 자기가 살아온 삶이 너무 잘못됐다는 것을요!

이후 여자는 심기일전해서 동두천에 작은 꽃집 하나를 오픈합니다. 길가에 나가서 꽃도 팔고요. 미군들이 여자에게 꽃 선물을 잘 한다는 걸 알고 꽃집을 차렸고 인생에서 가장 열심히 살았답니다. 그렇게 5년간 꽃집을 운영하면서 돈도 모이게 되고 여유가 생기자 여자는 자기 같은 양공주 생활을 하는 여자들에게 물질적으로 보태주고 마음으로 위로해 주면서 좋은 일을 하기 시작했습니다.

지금은 그쪽에서 대모로 불리며 모르는 사람이 없을 정도로 잘 살고 있네요. 성당에서 세례도 받고 교인 생활을 하면서 길고 긴 어둠의 터널을 벗어났습니다.

여러분! 이상 관계를 좋아하고 대물을 좋아했던 여자의 뒤바뀐 인생 이야기였습니다. 병적으로 밝히는 여자들이 있습니다. 하루도 남자 없이 살수 없는 여자도 있습니다. 물론 그런 남자도 있고요.
그렇지만 그것만으로는 행복해 질 수 없는 게 남녀 관계인 것 또한
사실입니다. 지나치게 밝히는 여자치고 좋은 남자 만나는 걸 본 적
이 없습니다. 또 다시 생각나는 게 과유불급입니다.

love **06**
: 남자가 양다리일 때 나타나는 특징

오늘 제가 드리고 싶은 얘기는요.

남자가 다른 여자와 양다리 걸칠 때의 행동 유형입니다. 양다리 경험이 있는 분들, 뜨끔하신가요? 남자의 양다리를 알게 된 순간 여자들은 생각하게 됩니다. '그러고 보니 이상한 행동들이 있었어. 징후들이 곳곳에 보였는데 그때 왜 내가 눈치채지 못했을까' 이렇게 뒤늦게 깨닫게 되는 것은 흔한 일인데요. 하지만 왜 그 순간 양다리를 눈치채지 못하냐면요. 첫째로 상대를 믿는 마음 때문에 그 사람의 변명 또한 믿는 거고요. '매일매일 사랑한다고 속삭이는 이 남자가 설마 나를 두고 다른 여자를 쳐다보겠어?'라는 자신감 때문입니다. 그런데 의외로 많은 남자들이 양다리를 경험했으며 바람기 많은 남자들은 거의 항상 양다리라고 보시면 됩니다.

첫 번째, 예전과 다르게 하루의 일을 세세하게 말하지 않습니다.

　보통 연인들은 파트너와 자신의 하루에 대해 쉽게 공유를 하는데
요. 그러나 바람을 피우고 있는 경우에는 일정을 공유하기가 어렵
죠. 누구를 만난다고 할 경우 연인이 모르는 사람들이 갑자기 많아
지고요. 비즈니스 만남이라 연락이 안 될 거라는 말을 자주 합니
다. 무슨 일인지 지난주에 만난 동창을 이번 주에 또 만난다 하고
여자가 "지난주에도 만났잖아"라고 하면 그때는 이 모임이고, 이번
에는 그 친구를 포함한 다른 모임이라고 둘러댑니다. 여자가 남자
의 지인들을 대부분 알고 있는 경우는 갸우뚱해지는 경우가 발생
합니다. 믿거라 하는 마음에 그냥 넘어가다가도 우연히 그 지인을
만나 만난 적이 없다는 사실을 알게 되어 양다리가 발각되는 경우
도 있습니다.

　두 번째, 당연하게도 남자는 여자에게 핸드폰을 보여주지 않습
니다.

　매일 자주 통화하는 번호가 거래처 사장으로 저장이 되어 있거
나 남자 이름으로 저장되어 있습니다. 전화가 오는데 이유 없이 전
화를 받지 않습니다.

　여자가 갑작스레 핸드폰을 보여 달라고 하면 끝까지 안 보여주다
가도 어느 날은 별말 없이 보여줄 때도 있습니다. 통화 기록이나 그

밖에 연락했던 내용들을 깔끔하게 정리하고 나서 보여주는 것이겠죠! 아니면 잔머리를 쓰느라고 남자 이름이나 거래처인 양 저장을 해놓습니다만 일단 양다리인 남자는 핸드폰을 떳떳하게 오픈할 수 없습니다. 연인 사이라면 남자가 자주 만나는 거래처 사람이나 지인들을 대부분 알고 있기 때문이기도 하며, 누구냐고 물어보면 있지도 않는 가상 세계의 인물을 만들어야 하거든요. 양다리를 하면 거짓말은 늘어만 갑니다. 또 같이 있을 때 전화가 오는데 받기 싫다면서 전화를 받지 않습니다. 거래처라고 저장이 되어 있는데도 말이죠. 이렇게 마음 졸이는 게 싫어서 경우에 따라서는 비즈니스 때문이라면서 핸드폰을 두 개를 가지고 다니기도 합니다. 물론 한 개는 늘 새로운 비번이 걸려 있죠! 더 심하게는 한 개의 핸드폰을 회사나 차에 두고 다니기도 하지만 그럴 경우는 바람녀가 자신이 세컨드임을 알고 인정할 경우입니다.

세 번째, 의심을 하면 엄청나게 화를 냅니다.

정상적인 남자는 "당신 바람피워?"라고 물으면 그냥 웃어버리거나 무시해 버립니다. 그러나 양다리인 남자에게 바람 피우냐고 물어보면 대부분 불같이 화를 냅니다. 왜 전화 안 받았어? 어제 뭐했어? 등의 의심을 하면 해명하기보다는 화를 냅니다. 화를 내야 상대가 더 깊게 파고 들어올 수 없기 때문이죠. 자신이 코너에 몰리겠다 싶으면 아예 자리를 박차고 나가기도 합니다. 그리고 시간이 흐른 후에 자기가 언제 그랬냐는 듯 다정하게 굴고 사랑한다고 속삭입니다.

네 번째, 관계를 하자고 보채지도 않고 하더라도 에너지가 떨어집니다.

양다리라고 해도 남자들은 두 명의 여자와 관계가 가능하기는 하대요. 남자들이 보편적으로 바람을 많이 피우는 시기가 한 여자에게 익숙해지고 심하면 약간의 질림이 생겼을 때 바람을 피우죠. 성욕이라는 것이 무한정하게 유지되는 것이 아니기 때문에 다른 여자가 생겼을 때 성 에너지를 동일하게 쏟을 수가 없습니다. 그러다 보니 잠자리 빈도가 줄거나 성의도 줄고 욕구 자체가 줄게 됩니다. 새로운 여자와의 관계가 더 좋은 거지요. 허리가 아프다는 둥 요즘 컨디션이 안 좋다는 것 역시 의심받지 않으려고 하는 행동이라는 것을 기억하세요. 평소보다 확연히 줄어든 이유는 바람녀에게 모든 에너지를 쏟고 있기 때문입니다.

다섯 번째, 외모에 부쩍 신경을 씁니다.

원래 외모에 신경을 많이 쓰거나 잘 가꾸는 사람이라면 의심 안 하서도 되는데요. 그렇지 않던 남자가 머리스타일부터 옷 입는 것에 무척이나 신경 쓰고 평소 안 뿌리는 향수를 뿌리고 비비크림까지 바르고 나간다면 의심해볼 여지가 있습니다. 평소 5분이면 외출 준비 끝나던 사람이 30분 동안 거울 앞에서 떠날 줄을 모른다거나 속옷이 너무 낡아 흘러내린다는 등 속옷 타령을 하고요. 생전 혼자서 뭘 사지 않던 사람이 혼자 백화점에 가서 옷을 사 입기도 하고 아무거나 입던 사람이 까탈을 부리면 양다리일 확률이 높습니다.

여섯 번째, 세차를 자주하고 차를 탔을 때 뭔가 이상한 느낌이 듭니다.

차가 그렇게 더러워도 주유소에서 무료로 세차를 해줄 때를 제외하곤 세차를 하지 않던 사람이 갑자기 자주자주 세차를 합니다. 차량 소품은 물론 방향제까지 신경 쓰고 운전 보조석의 자리가 평소와 자주 달라져 있을 경우 양다리일 확률이 높습니다. 새로운 사람에게 잘 보이고 싶은 마음 때문이기도 하고 새로운 사람과의 흔적을 지우기 위해서 세차에 신경 쓰게 되죠. 고속도로나 외곽을 나갔다 오면 차에 온통 날파리 자국 남아 있는 거 아시죠? 모텔에 갈 경우 부분적으로 먼지가 지워져 있고요. 또 영업용 차량이 아닐 경우 내 차에 다른 사람이 그렇게 많이 탈 일이 없습니다. 다른 사람이

타더라도 의자를 뒤로 젖힌다거나 좌석을 움직이는 경우는 별로 없죠. 아무리 신경 쓴다 해도 바람필 때 연인의 차를 타 보면 평소와 다른 느낌을 받을 것입니다. 핸드폰 다음으로 바람을 확인할 수 있는 게 바로 차량의 상태입니다.

일곱 번째, 여자의 일정을 꼬치꼬치 캐묻고 메모까지 합니다.

바람 피우는 사람들은 양다리 대상과 함께 자신이 자유롭게 움직일 수 있는 시간과 날짜가 언제인지 미리 파악을 해두려는 궁금증이 있기 때문입니다. 여자가 혹 일박 이일로 어디를 간다면 남자는 같은 날 똑같이 다른 여자와 일박 이일 일정을 잡을 수 있기 때문이죠. 되도록 여자가 약속 있는 날 양다리 여자를 만나야 마음도 편하고 들킬 염려도 별로 없습니다.

여덟 번째, 이유 없이 연락이 안 되거나 핸드폰이 꺼져 있습니다.

왜 연락이 안 되었냐고 물어 보면 '전철 안에 있었다거나 중요한 비즈니스 모임이라 받을 수 없었다거나 배터리가 나갔다'라고 하는데요. 이상하게 주기적으로 그런 일이 반복되면 양다리를 의심해 보아야 합니다. 특히 여자들이 굉장히 싫어하고 신경이 예민해지는 경우가 약속이 있다고 한 날 연락이 안 되는 경우입니다. 연락을 못

받을 수는 있는데 몇 시간 후에야 이제 봤다면서 전화하는 일이 자주 발생하면 확실하게 확인해 보아야 합니다. 같이 있을 때 다른 사람 전화는 바로바로 받으면서 왜 나가기만 하면 연락이 안 되는 걸까요?

이상 남자가 양다리일 때의 행동에 대해서 말씀드렸는데요. 양다리를 하려면 굉장히 머리가 좋아야 하고 아주 주도면밀해야 하는구나 라는 생각 안 드세요? 그렇지만 이렇게 피곤한 일을 또 아무렇지도 않게 남자들은 열심히 합니다. 욕망이 현실을 이기는가 봅니다.

사랑에는 늘 어느 정도 광기가 있다.
그러나 광기에도 늘 어느 정도 이성이 있다

- 프레드리히 니체 -

love **07**
: 세 사람의 인생을 망가뜨린 삼각관계의 끝

오늘 제가 드리고 싶은 이야기는요. 학창 시절 시작된 삼각관계가 세 사람의 인생을 망쳐버린 슬픈 이야기입니다. 학교 다닐 때 친구의 여자를 짝사랑하거나 애인 있는 선배를 좋아해본 경험들 대부분 있으실 겁니다. 대부분은 짝사랑으로 끝나고 스스로 마음을 추스르면서 삼각관계가 정리되지만 사람의 감정이라는 게 안 된다 생각하면 더 불타오르는 법이라서 심각한 문제가 발생하기도 합니다. 보통 삼각관계는 2남 1녀나 2녀 1남으로 구성되는데요. 문제는 서로가 아는 사이라는 거죠.

이번 이야기는 20대부터 삼각관계에 있었던 어느 50대 부부 이야기입니다. 부부는 대학 캠퍼스 동아리 커플인데요. 부인은 대학 시절 같은 동아리 선배를 엄청 좋아했어요. 그러면서도 지금의 남편과 사귀고 있었고요. 여자가 왜 선배에게 대시를 못 했냐면 선배에게는 오래된 연인이 있었기 때문이에요. 여자는 선배에게 자기 마음을 숨긴 채 세 명은 같은 동아리 모임에서 자주 만나고 술을 먹고 놀러 다니며 대학 시절을 보냈습니다. 선배는 후배가 좋아하는 걸 눈치는 채고 있었어요. 그러나 서로 애인이 있었기 때문에 둘다 아는 척 하지 않았죠. 그런 생활은 선배가 대학을 졸업할 때까지 계속 유지되었습니다. 각자 졸업을 하고 선배는 캐나다로 이민을 가고 여자는 동아리 때부터 사귄 남편과 결혼을 하면서 인연이 끊어지고 30년이라는 세월이 지났습니다. 남편은 대기업에 입사해서 임원으로 근무 중 이었고요.

그러던 어느 날 남편이 전해주는 한마디, 그 선배가 캐나다에서 돌아왔다는 거예요. 당신도 잘 있냐고 물어보더랍니다. 그 말을 듣자마자 여자는 심장이 쿵 내려앉고 미친 듯이 심장이 뛰더랍니다. 남편한테 그래서 언제 만나기로 했냐고 물어보니 조만간 만나기로 했답니다. 여자는 내색은 안 하고 알았다고만 대답을 하였는데요. 그날은 오고야 말았습니다. 어느 날 저녁 늦게 남편에게서 전화가 와서 지금 그 선배와 술 한잔 먹고 있는데 어떻게 사는지 보고 싶다고 해서 지금 집으로 같이 온다는 것이었어요. 여자는 옷을 갈아입고 곱게 화장을 하고 술상을 정성스럽게 준비합니다. 인연이 끊어지고 세월이 지났어도 선배를 생각하면 가슴 한편이 아려왔고 비오는 날 쓸쓸한 가을날 불쑥불쑥 떠올라서 그리워했던 그 선배를 드디어 만난 겁니다. 심장이 멎을 것 같이 흥분되었습니다. 땡똥~ 그렇게 두 사람은 30년 만에 대면합니다. 선배는 이민 가서 자동차 딜러로 시작해서 사업도 성공을 했고 돈도 많이 벌었고 한국에서 다시 살고 싶어 돌아왔답니다. 졸업하자마자 결혼한 부인은 암에 걸려서 사별을 했고 애들은 미국에서 대학을 졸업하고 미국에 있다네요. 선배는 한국에 온지 얼마 되지 않아 동생 집에서 기거하고 있는데 아파트를 얻을 계획이랍니다. 이런저런 대화로 밤늦게까지 술자리를 하면서 즐거운 시간을 보냈는데요. 여자는 여전히 멋있고 따뜻한 선배의 눈빛을 보면서 설렙니다. 그렇게 첫 재회는 아주 행복하게 끝났습니다.

그리고 한 달 후 선배가 그 여자의 아파트 옆 동으로 이사를 옵니다. 여자는 자기 때문에 이 아파트로 이사를 오는 구나 하고 직감적으로 느낍니다. 이사 온 이후 한국을 오래 떠나 있어서 아는 사람이 별로 없었던 선배가 외로울까 봐 남편은 술자리나 저녁식사에 선배를 자주 초대하게 되었고 여자는 꼭 그 자리에 같이 있었습니다. 선배는 한국에 돌아와서 아직 사업을 시작하지 않았기 때문에 항상 시간이 많았어요. 이제는 남편이 출근하고 나면 낮에 만나서 점심도 먹고 커피를 마시는 그런 단계로 들어서게 되었는데요. 서로 옛날 짝사랑했던 감정도 얘기하고 선배도 자기가 애인이 있어서 대시를 못했다고 하면서 많이 생각나고 엄청 보고 싶었다고 고백 아닌 고백을 했습니다. 여자 때문에 일부러 이 아파트로 이사 왔다는 말도 하고요. 그렇게 두 사람은 남편 몰래 애정을 쌓아가게 되었는데요.

그러던 어느 날 이 부부의 집에서 예전 동아리 멤버들 몇 명이 선배 귀국 축하 술자리를 하게 됩니다. 모두들 술을 과하게 먹었고 사람들은 돌아가고 남편은 술에 취해 잠에 들어버렸고 선배와 둘만 남는 자리가 되었어요, 둘은 서로가 물어볼 것도 없이 취했다는 핑계로 옆방에 가서 첫 섹스를 했습니다. 30년이라는 세월이 흘러도 보고 싶었던 선배와 드디어 한 몸이 된 거죠! 기다린 세월이 길었던 만큼 욕망이 커져 있었을까요. 둘의 사랑은 제어하지 못하는 산불처럼 커져 버렸습니다. 욕망의 질주가 시작된 겁니다. 매일 매일 낮에도 만나고 남편과 셋이 식사를 해도 둘의 눈빛은 항상 서로를 응시하면서 깊어질 대로 깊어졌습니다. 남편은 선배가 외로워하는 것 같다면서 여자를 소개 해주어 커플끼리 만나기도 했습니다만 선배는 그 여자한테 깍듯하기는 했지만 전혀 관심이 없었어요. 그러면서 세월은 금방 1년이 되었습니다. 그 사이 두 사람은 얼마나 짜릿했겠어요. 일 년이라는 세월 동안 남편과 같이 만나면서도 서로 몰래 스킨십하고 눈빛을 주고받고 남편은 그냥 과거 선후배 사이였고

친했으니까 그러려니 한 거고요.

그러던 어느 날 남편이 집 근처에서 비즈니스 미팅이 있어 끝난 후 집에 가서 점심을 먹고 들어가야겠다 싶어 집에 왔는데 선배가 식탁에서 커피를 마시고 있었습니다. 서로 당황하고 난처했죠. 선배는 그냥 차 한잔 마시러 왔다지만 남편은 뭔가 꺼림직한 느낌을 갖게 되는데요. 그날은 그냥 넘어갔어요. 남편은 여자한테 절대 나 없을 때 선배를 집에 들이지 말라고 경고합니다. 이상한 느낌이 영 사라지지 않아 남편은 어느 날 여자한테 내일 지방 출장갈 일이 생겨 못 들어온다고 하면서 거짓말을 합니다. 다음날 남편은 출장을 간다 하고 밤 10시까지 근무를 하고 집에 들어갔는데요. 여자가 집에 없었어요. 이 사람이 어디 갔을까 생각하다가 선배 집으로 찾아 갔는데요. 초인종을 누르고 선배가 "누구세요?" 하는데 남편이 말을 안 합니다. 선배는 "누가 잘못 눌렀나" 하고 들어갔지만 남편은 다시 눌렀고요. 선배가 "누가 장난하나" 하면서 바깥화면을 봐도 아무도 안 보였습니다. 이상하네, 하면서 문을 열자마자 남편은 선배를 밀치고 안으로 들어갔습니다. 출입구에 부인 신발이 있었고 그때 안방에서 부인 목소리가 들려옵니다. "자기야, 누가 왔어? 무슨 소리야?" 하면서 말하는 걸 듣게 되었는데요. 안방으로 들어가 보니 자기 부인이 나체로 누워있었습니다. 남편이 순간 정신이 돌아버

려 부인의 머리채를 잡고 얼굴에 따귀 한방을 날리고 부엌으로 가
서 과일칼을 들고 선배 어깨를 찔러 선배는 피를 흘리고 여자는 바
로 옷을 입고 집을 도망쳐 나왔습니다. 참 소설 같은 현실이 벌어진
것입니다. 다행히 선배는 큰 부상을 당하지는 않았지만 119가 오고
경찰이 오고 그렇게 수습이 되었죠.

　남편은 폭행 혐의로 유치장에 들어가고 조사를 받고 선배는 병원
에 입원해서 치료를 받고 3일 만에 퇴원 했습니다. 선배는 퇴원하자
마자 경찰서로 남편을 면회하러 갔는데요. 자기 때문에 일이 벌어
진 일이라 바로 합의를 하고 남편은 풀려났습니다. 남편에게 미안하
다고 사과를 하고 선배는 다시 캐나다로 돌아갔는데요. 부인은 해
서는 안 될 삼각관계를 만든 자신을 후회하면서 미안함과 그리움에
선배가 캐나다로 돌아간 지 이틀 후 자살했습니다. 정말 안타까운
일이 벌어지고 만 거지요. 한동안 동아리 선후배 사이에서 시끌벅
적 유명했던 실화입니다. 남편은 회사도 그만두고 집도 팔고 사람
들하고 연락도 끊고 어딘가에서 새로운 인생을 살고 있습니다. 모
든 걸 머릿속에서 지우고 싶겠지요. 우정으로 시작한 관계가 참혹
한 비극으로 끝난, 참 안타까운 결말입니다.

　이상 비극으로 끝나버린 세 사람의 삼각관계에 대해서 전해드렸

습니다. 저도 대학교 때 짝사랑했던 선배에게 고백도 못 하고 끝난 적이 있습니다. 선배에게 약혼자가 있었기 때문인데요. 살면서 많이 보고 싶지만 한 번도 만난 적이 없습니다. 선배가 유명인사라서 연락하려면 연락할 수 있는데도 말입니다. 젊었을 때의 감정은 추억으로 묻어두어야 아름답다는 진리를 다시 한번 깨닫게 된 사건이었습니다.

love **08**

: 여자는 언제 성에 대해서 눈을 뜰까요?

- 나이대별 특징

   오늘은 여자의 성욕주기에 대해서 알아보려 합니다.

   남자들은 보통 자위를 시작하는 10대부터 갱년기 증상이 시작되는 시점까지 쭉 욕구가 유지되죠. 남자의 욕구는 '수저 들 힘이 있을 때까지'라는 우스갯소리도 있습니다.

   반면 여자는 좀 다릅니다.

   물론 성적인 호기심은 남녀 모두 동일하게 발생하지만 여자들이 남자의 몸을 원하고 그리워하는 시기는 남자들과 다릅니다. 일반적으로 40대에 가장 욕구가 크다고들 알고 계시죠? 자, 그럼 연령대별 나타나는 여자들의 특징을 알아볼까요? 이번 특징 분석은 성교육이 잘 되고 성징이 빨리 나타나는 젊은 세대들 중심이 아니라 남자랑 손만 잡으면 임신되는 줄 알았던, 성에 대해 무지한 중년 여자들 중심으로 말씀 드리겠습니다.

첫째, 10대 시기입니다.

아무도 가르쳐 주지 않았습니다. 엄마들은 부끄러워서인지, 여자는 정숙해야 한다는 사고방식 때문인지 어떻게 임신이 되는지조차 알려주지 않았습니다. 남자들도 물론 성교육을 제대로 받지는 않았지만 소위 '빨간 비디오'를 보고 야한 잡지를 보고 자기들끼리 정보교환을 하다 보니 그래도 여자들보다는 성에 대한 지식을 가지고 있었죠. 여자들은 생리가 어떤 의미인지, 임신이 뭔지도 모른 채 생리가 시작되었고 비로소 수정체 임신이 가능한 나이라는 것을 어렴풋이 짐작합니다. 선생님을 짝사랑하고 같은 버스를 타는 남학생에게 힐끔힐끔 눈이 가고 교회 오빠에게 설레지만 딱 거기까지입니다. 자위를 상상해 본 적도 없으니 시도도 하지 않았고 가끔 몸이 뜨거워지는 느낌을 받지만 부끄러워 누군가에게 털어놓지도 못합니다. 여자는 정숙해야 한다는 사회관습과 분위기에 짓눌려 남자친구를 사귀는 여자는 소위 '노는 여학생'으로 낙인 찍힙니다.

이제 20대입니다.

그렇게 아무 정보도 없이 성인이 되었습니다. 이제 남자친구를 사귀고 19금 영화를 볼 수 있게 되었습니다만 여전히 성에 대해서는 무지합니다. 여자들끼리 만나도 남자친구와의 데이트를 이야기하기는 하지만 감히 성에 대해서는 아무와도 상의하지 못했고 즐긴다는 생각은 하지 못합니다. 섹스=결혼이라는 공식을 머릿속에 가진 20대의 여자들은 남자를 사귀면 그 남자와 결혼해야 한다는 생각을 가지고 있었습니다. 20대 후반이 되면 결혼이 늦어졌다는 생각에 데이트를 즐기기보다는 결혼대상자라는 관점에서 남자를 만나고 성에 대해서는 여전히 보수적이고 남자가 주도해야만 한다는 생각을 합니다. 비로소 자위에 대해서도 인식하지만 죄를 짓는다는 느낌과 더럽다라는 느낌을 동시에 가지고 있기 때문에 여자들 스스로 시도해보지 못합니다.

30대입니다. 출산과 양육의 시기입니다.

섹스라는 행위는 아이를 낳기 위해서인 양 느껴집니다. 혹시라도 임신이 늦어지면 여자로서의 도리를 하지 못한다는 생각에 걱정이 이만저만이 아닙니다. 또 예전에는 지독한 아들 선호 사상이 있었기 때문에 아들을 낳지 못한 여자는 가족들 모임에 가서도 죄인 취급을 받습니다. 스스로도 위축됩니다.

힘든 출산과 육아, 먹고 사는 문제를 해결하기 위해 내 몸을 아끼고 돌보아줄 틈이 없습니다. 아이러니하게도 여자들이 가장 빛나야 할 30대에 가장 성에 대해서 관심이 없고 자신에게 투자를 안 합니다. 결혼한 여자들은 살림에 지쳐 그저 실컷 자보는 게 소원입니다. 결혼하지 않은 여자들은 문제가 있는 노처녀라는 낙인이 찍혀 자기 생활을 즐기지도 못하고 모임에 가도 소외되고 대화거리도 없습니다. 그렇지만 점차 배란기나 생리 전후에 몸이 뜨거워지기도 하고 남자의 몸을 그리워하기 시작합니다. 성의 없이 배설만 하려는 남편이 미워지는 시기이기도 하고요. 남자들은 부인과의 성관계가 재미없어 밖으로 눈 돌리는 시기입니다.

40대, 이제 비로소 성에 대해서 눈 뜨고 즐기고 싶어 합니다. 왜냐하면 고된 육아로부터 비로소 해방되기 시작했기 때문이죠. 또 부끄러움도 어느 정도 사라지고 성에 대한 이런저런 정보도 접하게 되자 남자의 몸을 그리워할 수도 있고 여자가 먼저 관계를 요구할 수도 있다는 사실도 알게 되었습니다.

경제적으로도 한숨 돌리고 아이들은 비로소 엄마 손을 벗어나서 시간과 돈에 대해서 여유가 생겼습니다. 이때가 부부에게도 여자에게도 굉장히 중요한 시기인데요. 육아에 지쳐 소원했던 부부 관계도 회복하고 더 늦기 전에 인생을 즐기고 여자의 욕구도 채워져야만 하는 시기입니다. 이 시기에 목석같은 부인과의 관계가 재미없어 남자가 밖으로 돌면 여자도 밖으로 돌게 됩니다. 성의 없고 재미없고 얌전히 살림만 잘하기를 요구하는 남편만 있는 줄 알았는데 세상에 나가보니 매너 좋고 다정다감하고 아직도 자기를 여자로 봐주는 남자들이 많다는 사실을 알게 된 거죠. 실제로 가장 욕구가 왕성한 시기입니다. 부디 남편들이 이 시기에 부인을 돌아봐 주고 외롭게 혼자 놔두지 않으시기를 바랍니다. 여자도 더 나이들기 전에 즐기고 싶어 하는 시기이니까요.

50대는 여자들이 양극화되는 시기입니다.

성에 대해 눈뜨고 남자와 즐기는 법을 알게 된 여자는 열심히 밖으로 돌아다니는 시기입니다. 이때는 모임에 나가도 여자들이 더 적극적으로 스킨십을 하고 노래방에 가서 세 시간 네 시간씩 노래를 불러도 지치지도 않습니다. 젊은 날 육아에 치여 놀지 못한 데다가 남자만 즐기라는 법이 있냐는 보상심리까지 겹치고 가족들 밥 차려줄 걱정도 없는 해방감에 남편들보다도 더 약속이 많습니다. 남편들이 부인을 보면서 불안해하는 시기이기도 합니다. 또 다른 50대 여자들 중에는 갱년기를 맞아 우울감·불면증·성교통이 있어서 아예 관계를 피하거나 무관심해지는 경우도 있습니다. 이때는 가족들에게 이유 없이 화를 내거나 한겨울에도 덥다고 선풍기를 틀어 놓기도 하고 불면증에 힘들어하고 알콜에 의존하기도 합니다.

이 시기에 대화를 많이 하고 서로를 돌아보는 부부들의 경우 젊어
서보다 사이가 더 좋아지고 서로를 측은지심으로 바라보면서 의지
하며 살아갑니다. 중년에 비로소 편안해졌다는 사람들이 이 부류
에 속합니다. 반면 아예 서로에게 무관심해져서 졸혼에 가까운 부
부 사이가 돼 버릴 수도 있습니다. 중요하기도 하고 위험하기도 한
50대입니다.

60대부터는 남편보다 가족보다 친구들과 수다 떠는 게 더 좋습
니다. 경우에 따라서는 손주를 돌보는 게 새로운 낙이 되기도 하
죠. 이 시기 대부분의 여자들은 성에 대해서는 관심이 없어집니다.
여기저기 아픈 곳이 생기다 보니 음식을 만들어도 맛이 없고 살림
도 귀찮아집니다. 건강·취미·여가 생활에 관심이 있고 찜질방에
가서 수다 떠는 게 즐겁고 남편도 가족도 귀찮게만 안 하면 최고로
감사할 따름입니다. 부부 사이는 포기할 거 포기하고 의리로 살게
되는 평온한 시기이기도 합니다. 이 시기 바람직한 부부의 모습은
서로 취미를 공유하고 젊어서 바쁘다는 핑계로 함께하지 못했던 시
간들을 함께하면서 남편들은 서투르지만 요리도 배워보고 집안일
도 분담하면서 성 구분이 무의미한 친구로서의 모습입니다. 이 시
기에 남편들이 예전처럼 권위적이면 자식에게도 부인에게도 찬밥

신세가 됩니다. 부인이 곰국 끓일까봐 무서워지는 시기가 바로 이 때죠.

이상 여자의 성에 대한 나이대별 특징을 살펴보았습니다. 늦었다고 생각한 순간이 가장 **빠를** 때라던가요? 돌아올 수 없는 강을 건넜다고 생각하지 마시고 회복되기 어렵다고 생각하지 마시고 라잇 나우하세요~

100세가 넘은 김형석 교수님이 아직도 하고 싶은 게 너무 많다고 하셨잖아요. 지금부터라도 하고 싶은 거 같이 해보실래요?

사랑은 우리가 모르는 사이에 찾아온다.
우리는 사랑이 사라져 가는 것을 볼 뿐이다

- 톰슨 -

love **09**

: 재혼 5년 만에 타워팰리스가 날라갔네요

　- 어느 대기업 사장님의 재혼 실패기

　　오늘은 재혼 5년만에 타워팰리스를 위자료로 주어야 했던 어느 대기업 사장님의 이야기입니다. 이야기를 들으면서 이게 이혼사유가 될 수 있을까? 저는 처음부터 여자는 다른 목적이 있었을까?라는 이해되지 않는 상황이기도 합니다.

　　남자는 자수성가했습니다. 외국 유학이 생소했던 90년대 초반 군대를 마치고 복학 시기를 고민하던 평범한 공학도 였던 남자는 일년복학을 미루고 호주에 어학연수를 다녀와야겠다고 결심합니다. 영어를 잘하면 '학원강사라도 할 수 있겠지'라는 심정이었다고 합니다. 워킹홀리데이비자를 발급받아 호주에서 어학원을 다니면서 미국인 사장이 운영하는 바에서 아르바이트를 했는데 여기서 운명의 미국인을 만납니다. 당시 상황은 이제 막 인터넷이 보급되고 메일을 사용하던 시기였는데 이 미국인은 '앞으로는 IT시대가 열린다. 보안

솔루션 사업을 시작하면 대박이 날 것이다'라는 조언을 해줍니다. 한국에 돌아와 동생과 함께 작은 IT 회사를 차린 남자는 몇 년 후 IMF 위기를 맞았지만 곧이어 불어닥친 벤처 열풍을 타고 정부 지원을 받아 사업이 성장하기 시작했습니다. 당시에는 IT깃발만 꽂아도 투자가 들어오던 시기여서 순식간에 엄청난 규모로 성장을 했고 마침내 성수동에 자기 사옥을 짓고 직원 300여 명의 중견기업이 되었죠! 사업에서는 승승장구했고 지금도 여전히 사업은 잘되고 있습니다. 그러는 과정에서 결혼도 하고 아들도 한 명 있었지만 부인과 이혼을 했습니다. 첫 번째 부인과의 이혼 사유는 잘 모릅니다.

성공가도를 달리던 남자는 도곡동 타워팰리스도 사고 별장도 사고 10억이 넘는 최고급 골프 회원권도 구입하면서 싱글라이프를 즐기고 살았죠. 남자는 아무래도 경쟁심이 있는 남자들보다 여자들과 편안하게 어울리는 걸 좋아했던 터라 주변에 여자들이 넘쳐났습니다. 모임에 가면 주변에 대부분 여자들이었고 성격이 부드럽고 유머 감각도 있고 돈까지 잘 써주는 남자였기 때문에 언제나 인기 폭발이었거든요. 그렇지만 그 여자들과 특별한 관계는 아니었고 그저 친하게 어울리는 멤버들이었습니다. 그러던 중 6년 전 어느 크리스마스이브 날 남자는 작은 파티를 주관했는데 여기서 두 번째 운명의 여자를 만납니다.

그날 초대받은 여자만 10명이었다네요. 남자는 본인 혼자였고요. 그 모임에 초대받은 여자들 중 와인 샵을 운영하는 여자가 있었는데 남자는 이 여자에게 꽂힙니다. 5살 차이에 수수한 외모에 여성스러운 분위기가 있는 여자와 연애를 시작한 남자는 화려했던 싱글라이프를 청산하고 두 번째 결혼을 합니다. 와인을 좋아하고 음악회, 전시회를 좋아했던 여자와 취미가 잘 맞았던 거죠! 무엇보다 남자가 싱글 생활에 염증나 있었고요! 여자의 결혼 조건이 자기를 처음 만나던 날 같이 있었던 여자 10명의 핸드폰 번호를 모두 삭제하고 아파트를 공동명의로 해주는 거였대요. 재혼하면서 이혼을 하겠다고 생각하는 사람이 어디 있겠습니까? 남자는 여자가 원하는 모든 조건을 들어주고 앞으로 평생 이 여자만 사랑하고 이 여자와 함께하겠다고 결심합니다.

두 사람의 재혼 생활은 완벽했습니다. 적어도 밖에서 보기에는요. 모든 공적 사적 모임에 두 사람은 부부동반이었고 크루즈 여행을 좋아했던 여자와 인당 2,000만 원 이상짜리 크루즈 여행을 즐겼으며 스피드를 즐기는 여자를 위해서 포르쉐 스포츠카를 구입해주었습니다. 또 와인에 해박한 여자를 위해 회사 1층에 와인 바를 차려 그곳에서 매주 작은 공연을 열고 사람들을 초대해 파티를 즐기는 꿈같은 결혼 생활을 즐겼죠. 여자의 가족들을 회사에 취직시켜 주었고 여자는 계열사 등기임원으로 등재하여 연봉 4억을 지급했습니다. 당시 계열사 대표가 남자의 아들이었는데 여자를 임원으로 등재하는 과정에서 갈등이 생겼고 그게 여자의 심기를 건드렸는지 여자는 아들과 자신 둘 중에 한 명만 선택하고 아들을 대표에서 내보내라고 요구합니다. 결국 남자는 아들을 내쫓고 그 자리에 여자의 오빠를 대표이사로 앉힙니다. 그 계열사가 남자 회사에 부품을 납품하는 일이었기 때문에 크게 전문성이 필요한 건 아니었거든요. 결혼해서 가깝게 살고 있었던 아들을 멀리 용산으로 내보냈고 재혼 생활 내내 아들 내외와는 왕래도 하지 않았습니다. 당연히 여자와 며느리 사이가 좋을 리가 없었겠죠.

여자는 두 사람만의 성을 만들었습니다. 남자 주변의 모든 여자는 공적이든 사적이든 만나지 못하게 만들었고 모임마다 부부가 같이 나오니 누구 하나 친해지기도 어려웠습니다. 남자가 회장으로 있는 비즈니스 모임 회원들이 너무 회원 관리를 안 한다고 뒷소리들이 많았거든요. 남자는 그저 여자와 여자의 가족들에 둘러싸여 눈 감고 귀 닫은 생활을 5년 동안 하게 된 것이죠. 그래도 혼자 지내는 시간이 지긋지긋했던 남자는 그 시간이 행복했답니다. 여자를 사랑했고 여자도 자기와 같은 마음일 거라고 믿었고 자신이 꿈꾸고 있었던 완벽한 재혼생활이라고 생각하고 있었으니까요. 적어도 사건이 발생하기 전까지는요.

이렇게 여자와의 성에 갇혀 있었던 남자가 딱 하나 끊지 못한 게 있었습니다. 바로 마사지를 받는 일이었습니다. 남자는 젊어서부터 아로마 마사지를 받으면서 피로를 풀었고 남자가 가장 좋아했던 취미 생활이었어요. 당연히 퇴폐마시지 업소는 아닙니다. 결혼을 하면서 여자가 출입을 중단하라고 했고 남자는 몇 년은 약속을 지켰지만 그 편안함을 잊지 못해 이혼 일 년 전부터 일주일에 한 번 정도 지속적으로 다녔답니다. 당연히 여자에게는 회사일로 외출한다고 거짓말을 했죠. 남자가 몇 시간씩 연락이 안 되고 운전기사에게 물어봐도 별다른 대답을 듣지 못하자 여자는 심부름센터에 의뢰해서 남자를 미행했고 석 달 동안 미행한 결과 여자를 만나는 것도 없고 다른 이상은 없었는데 주기적으로 한 스파 센터에 다닌다는 것을 알아냈습니다. 어떤 서비스를 해주는 곳인지 여자도 방문했었답니다. 별다른 곳은 아니고 편안한 음악에 와인을 마시면서 스파를 하고 룸에서 두피 마사지와 전신 마사지를 받는 곳이었대요. 그렇지만 아무리 퇴폐 업소가 아니라고 해도 남자가 속옷만 입은 채 여자의 마사지를 받았다는 사실에 분노한 여자는 오로지 그 이유 하나로 남자에게 이혼을 요구합니다.

완벽한 결혼 생활을 하고 있다고 생각했고 여자랑 헤어질 마음이 없었던 남자는 말리고 또 설득했지만 예민한 성격에다가 50평생을 혼자 살면서 결벽증까지 있는 여자는 남자를 용서하지 못했습니다. 결국 또 다시 이혼을 하게 된 남자는 이번에는 위자료 문제가 생겼는데요. 재혼 이후에 재산도 많이 불어났고 무엇보다 등기이사로 등재된 여자가 퇴사하려면 퇴직금을 지불해야 했고 그 액수가 어마어마했습니다. 4억씩 연봉을 받았으니까요. 여자의 오빠와 가족들을 회사에서 내보내고 여자에게 퇴직금 대신 타워팰리스를 넘겨주는 과정에서 돈으로도 엄청난 피해를 보았지만 그것보다 더 큰 상처는 아직도 남자는 자신이 이혼당한 이유를 정확하게 알 수 없다는 것입니다. 속궁합 문제도 없었고 여행이며 취미 생활도 여자가 원하는 최상급으로만 진행했는데 말이죠! 저도 고개가 갸우뚱해지는 상황이긴 합니다만 여자의 속 얘기를 들어보지 못해서 정확한 이유를 알기는 어려웠습니다.

결국 두 번째 이혼을 하게 된 남자는 이런 말을 하더군요!

다시 싱글로 돌아온 지금 몸도 마음도 편하다. 그동안 관계를 끊고 지냈던 아들내외와도 관계가 회복되어 다시 자기 집 근처로 이사를 왔고 대표이사로 복직도 시켰고 주위 사람들도 돌아볼 시간과 마음의 여유도 생겼다고 말이죠. '자기는 사업운은 있는데 여자운은 없는 사람인가 보다'라고 말하더군요.

　재혼을 선택하는 많은 이유들 중 하나가 경제적인 문제입니다. 그런데 경제적인 문제가 없어도 재혼은 성공하기가 어렵다는 사실을 다시 한 번 깨닫게 된 케이스입니다. 바로 성격의 문제인 거죠! 문제가 생겼을 때 문제를 해결하려는 노력보다는 쉽게 판을 깨버리는 게 재혼의 가장 큰 문제입니다. 다시 한번 가정의 소중함을 느끼게 된 사연이었습니다.

love **10**

: 연인일까요, 엔조이 대상일까요?

- 그 구별법은요?

오늘 제가 드리고 싶은 얘기는 내가 만나는 사람이 나를 연인으로 생각하는지 엔조이 대상으로 생각하는지에 대한 구별법입니다.

누구나 로맨스를 꿈꾸지만 현실에서는 쉽지 않죠. 제 지인도 얼마 전 그런 하소연을 하더군요. 소개받은 사람을 자기는 진지한 마음으로 만나고 있는데 이 사람도 같은 마음인지 확신이 서질 않는다고요. 결혼은 둘째 치고 연인으로 만나는 것인지 지금 마땅히 만나는 여자가 없어서 즐기려는 마음인 건지 말이에요. 앞에서는 꿀 떨어지는 눈빛으로 달콤한 목소리로 사랑을 속삭여 놓고 다른 사람들에게는 그냥 아는 여자라고 하면서 외로우니 여자 소개해 달라는 남자도 있고요. 자기는 "사귀는 사이가 아니면 남자와 단둘이 밥도 술도 안 먹어요"라고 했는데 막상 알고 보니 이 남자 저 남자 만나고 다니는 여자도 있거든요. 만나는 사람 입장에서는 도대체 상대가 나에 대한 감정이 어떤 것인지 궁금하기도 하고 답답하기도 합니다. 한쪽은 연인의 감정인데 한쪽은 엔조이 대상으로 생각한다면 연인이라고 생각하는 쪽에서는 둘 사이가 영원했으면 좋겠지만 결국은 상처로 끝나게 되겠죠. "날 사랑해?"라는 질문에 당연하다는 듯이 "그럼."이라고 대답하지만 그 속을 알 수 없을 때 답답하시죠? 솔직하게 말해주면 좋으련만 어떤 이유에서인지 대답도 안 하고 말은 사랑한다고 하는데 행동을 보면 아닌 것 같고 말이죠. 오늘 그 차이를 말씀드려 볼게요.

첫째, 성관계를 대하는 태도에 차이가 있습니다.

이성과의 만남에서 애정행위는 늘 중요한 관심사죠. 사랑하는 사람과 함께 있을 때 스킨십을 하고 싶고 관계를 하고 싶은 마음은 당연한 일입니다. 그런데 만남의 목적이 엔조이인 경우는 상대가 몸이 아프다고 해도 오늘은 할 마음이 없다고 해도 심지어 둘이 싸운 날에도 잠자리를 요구합니다. 어떤 남자는 오늘은 몸 풀러 가는 날이라면서 여자를 만나러 가더군요. 몸 풀러 간다고 생각하는데 그 여자가 연인일 리가 있겠습니까만 안타깝게도 그 여자는 남자를 연인이라고 생각하고 있더군요! 남자가 더 마음에 드는 여자를 만나자마자 차였습니다. 이 남자에게는 만남의 목적이 섹스 한 가지이기 때문에 어떤 경우에도 답은 정해져 있습니다. 바로 오늘 한 번

하자입니다. 관계를 몇 번 거절하거나 속궁합이 맞지 않는다고 생각할 때에는 바로 만남을 정리합니다. 평생 갈 사이인 것처럼 다정다감하게 굴던 사람이 잠자리 몇 번 한 이유에 이유도 없이 연락이 끊어진 경우에 해당합니다. 상대의 마음속에는 처음부터 연인이 될 마음이 없었습니다. 당연히 배려심 따위도 없고 본인의 기분, 본인의 느낌에 충실할 뿐입니다. 반대로 연인일 경우는 얼굴 보는 게 중요하기 때문에 관계를 하고 못 하는 건 상관없습니다. 스킨십을 해도 일방적이지 않습니다. 상대가 아프다고 하면 약을 챙겨주고 쉬라고 일찍 데려다 줍니다. 데이트를 하는데 마치 코스가 정해져 있는 것처럼 마지막에는 꼭 모텔을 가야만 하는 사람은 엔조이 대상으로 만나는 거고요. 같이 있는 순간순간의 시간이 중요해서 만났을 때 어떻게 시간을 보낼 건지 물어보고 배려하는 사람은 당신을 연인으로 생각하고 있는 겁니다.

둘째, 엔조이는 상대를 물주로 생각하고 연인은 상대의 주머니 사정을 먼저 생각합니다.

만나면서 선물을 주고받는 것은 자연스러운 일입니다. 그런데 그 주고받는 이유가 문제입니다. 바로 경제적 지원을 받는 게 목적인 경우죠. 상대를 물주로 생각하는 겁니다. 요즘은 여자들뿐 아니라 남자도 연인인 것처럼 행동하면서 물주를 구하기도 합니다.

연인인 것처럼 만나면서 데이트 비용이나 은근히 고가의 선물을 요구합니다. 상대의 주머니 사정을 생각하지 않고 나랑 만나려면 이 정도는 지불해야 한다는 생각을 하고 있습니다. 어떤 사람은 아예 노골적으로 명품이나 고가의 선물을 사달라고 하고 고급 레스토랑만 찾아다니면서 자기는 돈을 한 푼도 쓰지 않죠. 심지어는 매달 일정한 돈을 요구하기도 하고요. 보통 나이 차이가 많이 나거나 한쪽이 기우는 만남을 유지할 때 이런 경우가 발생합니다만 조건과 상관없이 물주가 돼 줘야만 만남을 유지하는 사람도 있습니다. 엔조이입니다. 반면 연인은 상대가 넘치게 돈을 쓰는 걸 부담스러워하고 아까워합니다. 내 돈이 소중한 만큼 연인의 돈도 소중하게 여기기 때문입니다. 같이 식사를 하고 여행을 할 때도 상대의 형편을 고려해주고 본인도 지출을 합니다. 심지어 연인이 경제적으로 어려워 보이면 자존심 상하지 않게 살짝 돈을 지원해 주기도 합니다. 만남의 목적이 돈이냐 아니냐에 따라 엔조이냐 연인이냐의 차이가 있습니다.

세 번째, '왜 만나는가'입니다. 그저 습관적으로 누군가가 필요한 것인지 내가 아니면 안 되는 것인지를 구별해야 합니다.

연인이 있는 것이 습관화돼서 연인을 만나는 경우도 있습니다. 부인이 있어도 남편이 있어도 누군가 또 다른 사람이 필요한 경우도 있습니다. 자신을 사랑해 줄 사람이 필요하고 즐길 사람이 필요한 거죠. 헤어지면 얼마 안 되어서 습관적으로 다른 연인을 만들죠. 꼭 사랑하는 사람이어야 할 필요도 없습니다. 그저 정거장처럼 누군가를 만납니다. 이 경우는 만나는 대상에 대한 절실함이나 사랑의 감정이 없기 때문에 잘 안 맞는다 싶고 만남이 재미없으면 미련 없이 관계를 정리합니다. 쿨한 만남을 하는 것처럼 보이지만 실제로는 그저 심심해서 만나는 사이이기 때문에 만남도 헤어짐도 미련이 없죠. 반면 진짜 연인 사이라면 이 사람이 없으면 안 됩니다. 싸우기라도 하는 날에는 잠도 못 자고 끙끙거리며 상대의 기분을 풀어 주려고 노력합니다. 잘 안 맞는 부분이 있으면 고치고 맞추어 나가려고 합니다. 헤어지지 않기 위해서 또 상대가 나에 대한 마음이 식지 않도록 최선을 다합니다. 나를 만나는 이유가 무엇인지에 따라서 엔조이냐 연인이냐 구분할 수 있습니다.

네 번째, 자신의 지인들에게 나를 소개해 주는가 여부입니다.

설사 불륜관계라 하더라도 연인이라고 생각하면 자신과 가까운 사람에게 소개를 합니다. 반면 몇 년을 만났는데도 그림자인 것처럼 누구 한 사람 아는 사람도 없고 연락처 하나 없는 경우도 있습니다. 불륜이 아니라 둘 다 싱글이라도 말이죠. 상대를 어떻게 생각하느냐의 차이입니다. 지인들에게 나를 소개한다는 것은 사랑하는 마음이 있을 때 가능한 일입니다. 나를 만나는 게 부끄럽다거나 언제 헤어질지 모른다는 마음이거나 그저 심심해서 만나는 사이라면 절대 지인들을 소개해주지 않습니다. 연인은 서로의 생활 속으로 들어가는 것이고 엔조이는 절대 내 생활 속으로 상대가 들어오는 걸 허락하지 않습니다. 가까운 누군가와 함께 만나자고 했을 때 오케이를 하고 소개를 하고 함께 하는 자리를 만든다면 연인인 것이고 나중이라는 말을 계속 한다면 당신을 엔조이로 생각 하는 것입니다.

이상 내가 만나는 사람이 나를 어떻게 생각하는지에 대한 구별법을 말씀 드렸습니다. 그럴 줄 알았다고요? 연인인 줄 알았는데 아니라고요? 사랑의 대상이 되고 싶지 사냥꾼의 희생물이 되고 싶은 사람이 어디 있겠습니까. 가끔 이런 얘기를 듣습니다. "도대체 어떤 생각을 하는지 상대의 마음속에 들어가 보고 싶다"라고요. 마음속에 들어가 보지 않아도 잘 생각해 보면 답이 보입니다. 지난번에 어떤 분이 댓글로 만나는 분과의 상황에 대해 설명하면서 "연인일까요, 돈이 목적일까요"를 물어본 적이 있습니다. 제 느낌으로는 상대는 이분을 연인으로 생각하지 않는 것 같았습니다.

내가 사랑하는 마음 때문에 보고 싶은 것만 보고 있는 건 아닐까요? 컨설팅을 오래해서인지 얘기를 들어보면 상대의 마음이 읽히더군요! 하지만 컨설팅받는 분이 상처 입을까 봐 솔직하게 말해줄 수 없을 때도 있었습니다. 내 사랑을 의심해서도 안 되겠지만 맹목적으로 믿을 수만도 없는 현실입니다.

여성에게 있어서의 연애는 언제나 영혼에서
감각으로 옮아가며,
남성에게 있어서는 언제나
감각에서 영혼으로 옮아간다

- E.케이 -

love **11**

**: 여자도 참을 수 없이
 욕구가 솟구쳐 오를 때가 있다**

오늘 제가 여러분들께 드리고 싶은 얘기는요.

여자의 성욕에 대해서입니다. 남자만 있는 건 아닌데도 특별한 여자만 가지고 있는 것처럼 인식되고 있죠? 또 여자 스스로도 "나 하고 싶어"라고 말하는 게 부끄럽기도 하고요. 남자 분들 중 '부인이 관계를 싫어한다', '불감증이다' 라고 생각하시는 분들 많으시죠? 아니에요. 여자도 몸이 뜨거워질 때가 있고 '하고 싶다'라고 생각할 때가 있어요. 정숙하지 못한 여자라는 얘기를 들을까 봐 또 말해 봐야 받아 줄 것 같지 않아서 말을 안 할 뿐이에요. 결혼 생활이 오래될수록 더 내색을 안 합니다. 그런데 일반적으로 남녀 모두 욕구가 강해질 때가 있습니다.

남자는 개인차가 크고요. 시각적인 자극과 상황에 따라 하루에도 몇 번씩 솟구쳐 오르기도 하죠. 반면 여자는 주기가 있어요. 생물학적으로 여자의 성호르몬이 왕성해질 때를 잘 캐치하는 게 중요하죠! 그때는 여자도 걷잡을 수 없이 남자의 몸을 원하게 된다네요. 최근에는 성욕과 에스트로겐등의 호르몬 사이에 상당한 연관 관계가 있다고 알려져 있는데요. 실제로 이 에스트로겐의 수치가 떨어지면 욕구도 떨어져서 부부 생활에 지장을 초래하기도 한답니다. 그런데 입장 바꿔 남자들 입장에서는 언제 내 여자가 하고 싶은지 잘 알 수가 없어요. 말을 해주면 좋으련만 여자 입장에서는 입이 떨어지지 않기도 하고요.

자, 그럼 언제 여자의 몸에 신호가 오는지 알려 드릴게요. 부부와 연인이 이 시기를 잘 활용해 보시면 좋을 것 같아서 저도 용기내 보았습니다. 여자는 일반적으로 한 달에 세 번 정도 신호가 오고요. 폐경 이후 갱년기 여성의 경우는 증상이 좀 다르게 나타납니다. 불감증인줄 알았던 여자도 적극적으로 변할 수 있는 이 때를 놓치지 마세요.

첫 번째, 배란기 때입니다

배란기가 언제인지는 아시죠? 보통 한 달을 주기로 한다면 마지막 생리일로부터 2주 전후 며칠이 배란기입니다. 배란기라는 게 임신 가능 기간이라는 건 대부분 아실 겁니다. 여자는 이 임신 가능 기간에 좋은 정자를 받아들이고 싶은 생리적 욕구가 생기고 이때

성호르몬인 에스트로겐이 가장 많이 배출됩니다. 연구에 따르면 이 시기에 여자는 야한 생각을 많이 하고 자위를 하고 남자를 그리워하는데 그 생각하는 횟수가 평소보다 4배나 많다네요. 생물학적으로 자손을 번식하려는 본능에 의해 관계를 자주 해야 임신한 확률이 높아지기 때문이겠죠! 여자 스스로도 모르는 여자 몸의 비밀입니다. 연인이나 부인의 생리일은 체크하시는 분들이 많으실 겁니다만 미처 배란일을 챙기신다는 분은 별로 못봤습니다. 여자가 이유 없이 짜증을 내고 화를 내거나 몸이 찌뿌둥하다는 말을 하면 '하고 싶은가?'라고 생각해 보세요. '임신하면 안 되니까 배란기를 피해야겠다'라고 생각한다면 정말 나쁜 남자가 되는 거죠. 피임이라는 훌륭한 대비책이 있으니까요.

두 번째, 생리 직전입니다.

여자들 생리 주기가 항상 똑같지는 않아요. 그래서 여자들도 일상생활을 하다가 문득 몸이 뜨거워지고 하고 싶다는 생각이 들면 '아, 내가 생리할 때가 되었나 보다'라고 느낀답니다. 생리 직전에 욕구가 솟구쳐 오르는 이유가 자료로 나온 것은 없지만 아마도 임신을 위해 난자가 보내는 몸의 신호가 아닐까요? 남자들이 배란기보다 여자의 욕구를 더 빨리 알아챌 수 있는 때가 바로 이 생리 직전입니다. 부부나 연인이 이때 관계를 시도하면 거부할 여자 별로 없을 거고요, 평소 때와 다른 적극성을 발견하실 수도 있습니다.

세 번째 생리가 끝났을 때입니다.

남자들이 여자의 생리기간을 체크하는 이유가 대부분 이때는 관계를 피해야 한다는 생각 때문일 것입니다. 그런데 의외로 많은 여자들이 생리 직후 욕구가 커진다는 얘기를 합니다. 이유는 잘 모르겠지만 며칠 동안 여자의 자궁이 젖어 있기 때문이 아닌가 짐작해 봅니다. 또 여자는 폐경이 될 때까지 항상 임신에 대한 불안감을 가지고 있는데요. 이때는 임신 걱정이 없다는 안도감 때문에 몸과 마음이 릴렉스되기 때문일 수도 있어요. 남자들 입장에서는 '어느 장단에 춤을 추랴' 하는 마음도 있겠지만 어쩌겠어요. 몸이 그렇고 마음이 그런 걸요. 여자의 몸은 그렇구나, 인정하시면 됩니다. 그래서 여자가 생리 중일 때 피해야 되는 날이 아니라 끝나는 날을 잘 알아 두시고 적극적으로 시도해 보시면 다음날 아침 밥상이 달라질 수도 있습니다, 여러분.

네 번째, 폐경이 오고 갱년기가 오면 관계를 포기해야 할까요? 자료에 의하면 여자가 임신 가능 기간에는 테스토스테론이 많이 분비되는 남자 즉 남성성이 강한 남자에게 더 많이 끌린다고 합니다. 그렇지만 폐경이 오면 남성성이 강한 남자보다 부드럽고 여성성이 있는 남자를 더 편안하게 생각한다고 하네요. 무슨 말이냐면 여자가 폐경기가 왔다면 강하게 압박하는 체위나 관계보다는 부드럽고 편안한 관계를 선호한다는 얘기입니다. 관계에 변화를 주어야 합니다. 젊었을 때처럼 다짜고짜 덤벼도 가능한 시기가 지났습니다. 여자 입장에서는 몸이 더 위축되고 거부하는 반응이 나타날 테니까요. 특히나 먼저 분위기를 형성하고 부드러운 터치감이 필요한 시기가 여자의 갱년기 때입니다. 폐경이 오면 불가능한 것이 아니라 애무 방법을 바꾸어야 함을 말씀드립니다.

다섯 번째, 성 경험이 많은 여자가 욕구도 더 많습니다.

아무래도 경험이 없는 여자들보다 하고 싶은 욕구를 더 많이 느끼는 건데요. 용불용설 때문이기도 하고 여자의 욕구는 개발과 경험치에 의해 좌우되는 면이 있기 때문입니다. 즉 남자와 달리 여자는 나이보다는 경험치가 많으면 성에 대해 아는 게 많아지고 자기가 원하는 게 뭔지도 잘 알고 있기 때문에 즐기는 법도 알게 되고 욕구도 커진다는 사실입니다. 같이 즐기고 싶다면 남자가 잘 리드해주고 여자를 개발해 주어야 하는 이유가 여기에 있습니다.

그럼 여자의 한 달 사이클은 알겠는데 일일이 물어볼 수도 없고 눈치채고 짐작할 수 있는 방법은 없을까요? 앞서 말씀드린 대로 별다른 이유 없이 화를 내고 짜증을 부리는 경우에 '이 여자가 왜 그러지' 하고 같이 화를 내지 마시고 살짝 한번 떠보세요! 그리고 남자들이 농담처럼 와이프가 저녁에 샤워 시간이 길어지면 걱정된다는 말처럼 여자는 후각에 민감하기 때문에 하고 싶을 때 더 정성들여 샤워를 하고 좋은 향기를 풍깁니다.

저녁에 안 하던 화장을 하고 있고 술을 한잔 같이 하고 싶어 한다거나 야한 영화를 보기를 원한다거나 하는 행동이 여자가 보내는 신호일 수 있습니다. 빨리 잠자리에 들자고 보채기도 하고요! 그럴 때 남자가 하는 가장 많은 실수가 여자의 신호를 귀찮아하거나 무시해 버리는 겁니다. 여자의 컨디션과 무관하게 남자가 하고 싶을 때가 있듯이 여자도 하고 싶을 때가 있다는 사실을 인정해야 한쪽이 별로 내키지 않더라도 맞추어 주려는 마음이 생깁니다. 의무감에서가 아니라 서로 즐기겠다는 마음이라면 어느 커플보다 행복감이 넘쳐 흐르겠지요.

여러분 지금까지 여자에게도 참을 수 없는 욕구가 있고 그 시기가 언제인지 전해 드렸습니다. 다 알고 있는 사실 같지만 막상 신경 쓰지 못한 부분이 있다라고 생각되지 않으세요? 지금부터라도 더 행복한 중년의 결혼 생활이 되시기를 바라는 마음에서 용기내 보았습니다.

사랑은 외로운 두 영혼이 만나서
서로를 지켜주고 또 함께
기쁨을 나누는 과정이다

- 릴케 -

love **12**

: 나는 이렇게 양아치가 되었습니다

- 여자들이 너무나 쉽게 넘어오더군요

오늘 여러분들에게 들려드리고 싶은 이야기는 양아치가 되어버린 어느 40대 후반의 남자 이야기입니다. 이 남자는 세상에서 여자 꼬시는게 제일 쉽다는군요. 그럼 이 남자가 어떤 방식으로 양아치 인생을 살고 있는지 들려드릴게요.

남자가 내세울 수 있는 건 잘생긴 외모와 180센티의 큰 키입니다. 언뜻 공유를 연상시키는 외모에 몸이 좋다보니 지나가는 사람들이 한 번씩 쳐다보고 식당에 가면 탤런트 아니냐는 얘기도 많이 듣습니다. 어려서는 육상 선수로도 뛰었지만 집에서 뒷바라지해줄 형편이 안 돼서 포기했다네요. 외모가 눈에 띄어 박카스광고 등 광고를 몇 편 찍었지만 연예계로 진입하지는 못했고요. 어머니가 일찍 돌아가셔서 상계동 작은 연립에 알콜 중독자인 아버지와 남동생과 같이 살았습니다. 지방 작은 사립대를 졸업한 남자는 한 직장에 정착하지 못했어요. 20대 중반에 미용실을 운영하는 여자와 결혼했지만 잘생긴 외모 탓인지 타고난 끼 때문인지 결혼 이후에도 여자 문제는 끝이 없었고 여자는 생활력도 없고 외도만 일삼는 남자와 아이 한 명을 낳고 바로 이혼했습니다. 이혼 이후 양육비는커녕 아이 얼굴 한 번 보러 가지 않아 아이는 아빠가 누군지도 모릅니다. 아마 길에서 만나도 모를 거예요.

카드 영업사원, 보험 설계사 등을 전전하던 남자는 외모 따라 삼천리라고 룸싸롱 마담에게 픽업됩니다. 남자는 애교가 있습니다. 잘생긴 남자가 애교를 떨고 붙임성이 좋다보니 룸싸롱에서 운전도 해주고 진상 손님 관리도 해주면서 그쪽 여자들에게 인기 폭발입니다. 이 때 남자는 자기가 가야 할 길을 알게 됩니다. 자기보다 연상에 외모는 그저 그렇고 착하고 돈이 있는 여자를 선택해야 인생을 편안하게 살 수 있다는 것을요. 여자가 만나주는 걸 감지덕지하고 돈도 주니까요. 젊고 예쁜 여자를 애인으로 두려면 돈이 많이 들어가니까 그 여자들은 가끔씩 즐기기만 하고 메인은 이모 같은 여자를 선택하는 거죠. 그렇게 술집 삐끼 생활을 하다가 만난 술집 여사장과 두 번째 결혼을 합니다.

그 여자는 이 남자의 외도를 모른 척 해주었고 남자는 여자에게 얹혀 지냈죠. 그때까지만 해도 남자는 그냥 동네 양아치 수준으로 놀고 있었어요. 그런데 결혼한 지 석 달 만인가 술집 여사장이 병으로 죽었어요. 무슨 병으로 사망했는지는 잘 모르겠고요. 무슨 이유에서인지 남자는 여자가 죽자마자 화장을 하고 여자 집에 알리지도 않아서 여자 언니는 동생이 죽은 사실도 몇 달 뒤에 알았으며 여자의 죽음에 대해 의문도 가졌지만 남편으로서의 권리 행사를 한 남자를 어떻게 하지 못했죠! 여자가 죽고 두 달도 안 지나 남자는 여자가 남긴 유산을 가지고 강남으로 입성을 합니다.

　이때부터 남자의 화려한 신분 세탁이 시작됩니다. 큰돈은 아니었지만 몇 년 놀고먹을 수 있는 돈을 손에 쥐게 된 남자는 강남에서 제일 큰 골프 연습장에 등록을 하고 골프를 시작합니다. 연습장에는 외국에서 대학을 졸업했고 증권회사 펀드 매니저로 고객의 수십 억 돈을 관리해주고 있어서 시간 구애를 받지 않는다고 소개를 합니다. 낮에도 연습장에 가려면 시간 여유가 있는 직업이라고 해야 믿으니까요. 아버지가 대기업 임원인데 재혼을 하서 혼자 독립해서 살고 있다는 그럴싸한 이유까지요. 지점장이 자기가 출근만 하면 인사를 90도로 하고 자기 수탁고로 지점을 먹여 살리고 있다고 자랑도 합니다. 신분 세탁에 스토리를 더하니 사람들이 사실로 믿더군요.

　외국에서 대학 나온 젊고 잘생긴 30대 후반의 펀드 매니저가 여자 친구도 없다 하니 골프장 노처녀들이 난리가 났습니다. 남자 주변은 늘 여자들이 바글거렸고 남자랑 라운딩 나가려고 안달을 했습니다. 게다가 이 남자는 겸손하기까지 했습니다. 겸손할 수밖에 없는 이유가 아는 게 없으니 누가 좋은 주식 추천해 달라고 해도 자기는 추천 안 한다고 하고 말을 길게 하면 지식이 없는 거 탄로 날까봐 조용히 있다 보니 겸손해 보인 거죠.

젊고 예쁜 여자들이 이 남자 눈에 들기 위해 남자가 연습장 가는 시간에 맞춰 치장을 하고 나왔지만 남자는 어차피 즐기는 여자들은 예전부터 넘치게 있기 때문에 여기서는 자기 인생의 로또가 되어줄 돈 많은 연상녀를 찾아야겠다고 생각합니다. 드디어 남자 한 번 제대로 못 사귀어 본 노처녀 세무사가 눈에 들어왔습니다. 강남에 아파트를 가지고 있고 돈 쓸 곳이 없어 통장에 돈이 넘쳐나는 10살 연상의 수수한 외모를 가진 골프광이었습니다. 이 세무사 여자가 로또라고 생각한 남자는 식은 죽 먹기보다도 쉽게 여자를 꼬셔 곧바로 두 사람은 살림을 차립니다. 월세도 아낄 겸 여자 집에서 살면서 여자가 골프 연습장 하나 차려주면 평생 돈 걱정 없이 살겠다 싶었던 거죠. 세무사 여자 덕에 지긋지긋한 가난에서 벗어날 줄 알았던 남자는 그런데 아뿔사! 여자 직업이 신중하고 신중한 세무사라는 사실을 깜박했죠. 같이 살다 보니 여자는 남자가 출근시간이 일정하지 않다는 사실을 의아해했고 자기는 야근하기 일쑤인데 아무리 고액 재산가의 돈을 관리하는 일이라고 해도 남자가 너무나 시간 여유가 많다는 사실이 이상했어요. 더 큰 문제는 여자가 남자에게 돈을 풀지를 않았습니다. 골프 연습장을 차려 주기는커녕 남자에게 매달 100만 원의 생활비를 내라고 요구하자 남자는 로또가 아니라 꽝을 잡았다는 것을 알았죠.

그렇지만 이미 연습장에서는 소문이 나서 다른 여자를 잡을 수도 없었던 남자는 예전 누나 동생으로 알고 지냈던 술집 여사장을 찾아갑니다. 그 여사장은 남자가 백수건달이라는 걸 알고 있었기 때문에 숨길 것도 없었어요. 여사장과 술을 마시고 취한 척 그전부터 좋아했던 척 여사장과 섹스를 하고 그 여자와도 동거하면서 이제는 술집 여사장 집과 세무사 여자 집을 왔다 갔다 합니다. 술집 여사장이 세미골프프로 자격증만 따면 골프 연습장을 차려 주겠다고 약속을 했거든요. 세무사 여자에게는 아버지가 창원에 부품 회사를 차렸는데 물려받으라고 해서 지방에 자주 가봐야 한다는 알리바이까지 완벽하게 만듭니다. 일주일에 반은 술집 여사장 집에 살면서 연습장에 가서 연습하고 반은 강남 세무사 여자 집에서 지내는 이중생활을 하던 중 남자의 신원이 아무래도 미심쩍었던 세무사 여자가 남자의 뒷조사를 합니다. 결국 미혼이라던 남자가 결혼을 두 번 했으며 외국에서 대학을 졸업했다는 것도 펀드 매니저라는 것도 거짓이라는 걸 알게 됩니다. 그리고 이상한 느낌에 메모해 두었던 술집 여사장과 만나 모든 걸 확인합니다! 술집 여사장에게 화도 나지 않더랍니다. 둘이 서로 망연자실 그런 남자를 사랑한 서로를 동정했다나요. 술집 여사장은 남자가 강남에 친구랑 같이 살고 있는 줄 알고 있었답니다. 유학파에 부잣집 아들로 알고 있었던 여자! 백수 건달인건 알았지만 여자랑 같이 살고 있었던 건 몰랐던 여자! 두 여자는 도대체 그동안 누구를 만나고 있었던 걸까요?

그날 이런 해프닝이 있었대요. 두 여자가 만나는 중에 술집 여사장 핸드폰으로 남자한테 전화가 왔대요. "자기야, 내일 갈게. 보고 싶다, 사랑해"라고요. 여자가 "나도 사랑해" 하고 전화를 끊자마자 이번에는 세무사 여자 핸드폰으로 전화가 와서 "자기야 사랑해. 여기 창원인데 너무 보고 싶다!"라고요! 두 여자가 같이 있는 줄 꿈에도 몰랐을 그 남자는 그렇게 각각 여자에게 전화를 하고 정작 본인은 젊은 여자와 모텔에서 뒹굴고 있었습니다. 두 여자는 서로 어이가 없어 멍하게 있다가 일어났답니다. 그리고 그날 밤 두 사람이 동시에 남자 짐을 모두 빼 버렸고요. 술집 여사장 집에 가서 자초지종을 모두 들은 남자는 세무사 여자가 아파트 지하에 내어놓은 짐을 조용히 챙겨 갔다는군요. 나중에 남자는 세무사 여자에게 전화해서 '네가 골프 연습장만 차려 줬으면 술집 여사장을 안 만났을 거'라고 했다네요. 이게 말입니까, 막걸리입니까.

지금도 어디선가 세탁된 신분으로 여자들을 만나고 있겠지요. 세상에서 제일 쉬운 게 여자 꼬시는 일이었다는 남자의 말이 한동안 떠나지 않았습니다. 여자분들! 보이는 모습에 넘어가지 마세요.만나는 분 신원도 확인하시고요.

당신이 사랑 받고 싶다면
사랑 받을 만한
가치가 있는 사람이 되어라

- 푸블리우스 오비디우스 -

love **13**
: 밤일 잘하는 남자들의 특징

오늘 제가 드리고 싶은 얘기는요.

섹스를 잘하는 남자들의 특징입니다. 잘 못하는 남자들과 어떤
점이 다를까요?

'잘한다'는 의미는 단순한 크기나 시간의 문제가 아니라 여자가
얼마나 만족 하느냐가 기준인거 아시죠? 발기에 이상이 없는 분들
중 아마 자기가 잘 못한다고 생각하는 경우 별로 없으실 거예요. 그
런데 여자들하고 얘기해 보면 잘하는 남자 별로 없다네요. 자기 남
자에 대해서 항상 만족한다라고 말하는 여자는 열 명 중 한 명 정
도인 것 같아요. 일방적이고 전희도 없고 항상 남자 만족으로 끝난
다고요. 남자들은 잘 하고 있다고 생각하는데 여자들은 그런 남자
가 별로 없다니 아이러니네요.

왜 이런 결과가 나올까요? 여자가 원하는 것을 잘 알고 그것에
맞추기 위한 시간과 노력이 필요한데 남자들은 그저 오래 하면 좋

은가? 크면 좋은가? 그런 것만 중요하게 생각하기 때문 아닐까요? 여자마다 느끼는 타이밍이 다르고 좋아하는 유형이 다른데도 말이죠. 잘한다는 남자들은 대부분 자신보다 파트너의 컨디션을 먼저 생각하는 사람이고 파트너를 위해서 본인이 사정을 자제하고 파트너가 느낄 때까지 노력해 줄줄 아는 사람들이라고 합니다. 또 사랑하니까 함께 즐기려는 노력을 해야 수준 높은 경지를 경험할 수 있다고 하네요! 크기나 관계 시간보다 서로의 일체감과 감동이 중요하다는 것을 알 수 있어요.

자, 그럼 밤일 잘하는 남자들의 특징에 대해서 말씀드리겠습니다.

첫 번째, 여자의 신체구조를 잘 알고 있는 남자가 잘하는 남자입니다. 남자 분들 여자의 몸 구조 잘 알고 계세요? 어디가 성감대인지 감추고 싶은 곳은 어디인지 또 마른 여자의 특징과 살찐 여자의 특징 같은 거요. 자궁이 깊은 여자와 얕은 여자의 공략지점은요? 사람마다 눈코입이 다른 것처럼 여자의 신체구조도 다 다릅니다. 잘하는 남자들은 여자의 몸을 잘 압니다. 물론 내 여자 몸만 잘 알면 됩니다! 잘 아니까 어떻게 해야 하는지도 잘 아는 거죠. 공부와 대화가 필요합니다.

두 번째, 파트너의 취향을 잘 파악하는 남자가 잘하는 남자입니다.

자, 구조를 파악하셨다면 이제는 내 파트너의 취향을 파악하셔야 합니다. 여자마다 취향이 정말 달라요. 남자들이 애무받기 원하는 곳이 한두 군데로 단순한데 비해서 여자들은 애무받고 싶은 부위가 다 다르거든요. 손으로 해주는 것을 좋아하는 여자도 있고 입으로 해주는 것을 좋아하는 여자도 있고요. 길게 하는 좋아하는 여자도 있고 속전속결을 선호하는 여자도 있죠. 심지어 애무받는 걸 별로 안 좋아 하는 여자도 있어요. 남자들 입장에서는 이런 여자를 만나면 귀찮은 전희과정 없이 바로 본론으로 들어갈 수 있어서 편할 거예요. 여자의 몸을 알기가 참 어렵다고요? 뭐가 어려워요, 파트너에게 물어보면 되죠. 단 이때 여자가 솔직하게 얘기를 해줘야 한다는 전제가 있긴 있어요. 잘하는 남자들은 자신의 기능이 뛰어나서가 아니라 바로 여자들의 이 취향을 잘 파악하고 그에 맞춰 자기 리듬을 조절할 줄 안다는 거예요. 상대가 원하는 것에 맞춰 내몸을 조절할 줄 아는 능력을 가진 남자! 잘하는 남자입니다.

세 번째, 외모도 평범하고 크기도 보통이고 심지어 자신의 몸에 대한 콤플렉스가 있는 남자도 잘하는 남자가 될 수 있습니다.

무슨 말이냐고요? 잘생긴 남자치고 잘하는 남자 없다네요. 잘생긴 남자는 자기가 어떻게 해도 여자가 좋아하는 걸로 착각을 하고 관계를 할 때 여자한테 별 노력을 하지 않지만 외모가 부족하고 그곳의 크기가 왜소한 남자가 자신의 단점을 커버하고 여자의 마음을 사기 위해 노력해서 방중술의 대가가 된 사람도 있다고 합니다. 모임에 가서 처음에는 잘생긴 남자에게 시선이 가지만 결국 유머 감각 있고 자상한 남자가 인기가 있는 것처럼 잘 하는 남자는 크고 오래 하는 남자가 아니라 자신의 약점이나 부족한 점을 커버하기 위해서 노력하는 사람입니다! 빨리 사정을 하는 남자는 전희에 좀 더 신경 쓴다거나 그곳 크기가 작은 남자는 손을 이용한다거나 해서 말이죠. 기억하세요 단점을 커버하고 장점을 잘 활용하면 잘 할 수 있다는 사실을요!

　네 번째, 입과 손을 잘 활용하는 남자 잘하는 남자입니다

　키스만으로도 죽을 것처럼 흥분이 된다는 여자도 있어요! 손으로 해 주는 것만으로도 충분히 느끼는 여자도 있고요! 만족의 방법은 페니스에만 있는 것이 아닙니다. 나는 남들보다 기능이 떨어지는데 어쩌지라고　생각하는 것이 아니라 입과 손을 이용하여 여자를 만족 시킬 수 있는 방법을 터득한 남자가 잘하는 남자입니다! 스킬이 구조를 이긴다고나 할까요?

다섯 번째 분위기를 잘 리드하고 스킨십을 잘하는 남자입니다.

여자들이 분위기에 약하다는 것은 다 알고 있는 상식인데요. 잘하는 남자들은 바로 이 분위기를 잘 활용합니다. 백 허그를 하고 사랑스러운 눈빛으로 머리를 쓰다듬어 주고 잘 때도 손을 잡아 주고 가벼운 스킨십을 자주자주 해서 여자의 몸과 마음을 릴렉스 하게 해주는 사람이 잘 하는 사람입니다. 평소에 손 한번 잡아 주지 않다가 생각나서 남자가 덤비면 여자는 자기 욕구만 채우는 구나하고 생각 한다네요. 기억하세요 잘 하는 남자는 로맨틱한 남자입니다.

여섯 번째, 뭐니뭐니 해도 페니스가 크고 힘이 좋은 남자 잘하는 남자입니다.

여자가 원할 때 언제든지 할 수 있고 여자가 느낄 때까지 지속할 수 있는 힘을 가진 남자입니다. 이런 남자는 다른 사람들보다 덜 노력해도 여자를 만족시킬 수 있지만 자기 기능만 믿고 자신감이 넘쳐 여자를 함부로 대하면 잘 한다고 할 수 없습니다. 여자는 기능적인 면과 함께 '나를 사랑하고 있구나'라는 감정을 동시에 느껴야 하기 때문입니다. 잘하는 남자는 크지만 겸손한 남자입니다.

일곱 번째, 사정을 조절할 줄 아는 남자 잘하는 남자입니다.

'접 이 불 ㅇ'이라는 말 아시죠?(한 칸씩 띄어서) 남자는 참으면 참을수록 오래할 수 있는 능력이 키워집니다. 잘하는 남자는 여러 번 참고 가끔씩 분출하는 남자입니다. 이런 남자가 되려면 훈련이 필요하다고 하더군요. 인터넷에 훈련 방법들이 나와 있는데 속설 같은 거 말고 제대로 된 방법으로 몇 번 해보면 참는 게 가능하다 하니 시도해 보시면 좋을 것 같네요.

여덟 번째, 자신감이 있어야 잘하는 남자가 될 수 있습니다.
약의 도움을 받건 도구를 활용하건 타고난 기능이 좋든 간에 '나는 파트너를 만족시킬 수 있다'는 자신감이 필요합니다. 바로 긍정적인 마인드와 외향적인 남자들이 잘하는 유형에 들어가는 이유입니다.

여러분. 지금까지 밤일을 잘하는 남자들의 특징에 대해서 말씀드렸는데요. 남자 입장에서는 새로운 여자가 가장 흥분되고 새로운 여자를 만났을 때 더 노력을 하고 잘한다는 소리를 듣고 싶겠지만 실제 생활에서 늘 새로운 여자를 만날 수는 당연히 없죠.
새로움은 없지만 사랑하는 나의 연인이나 부인에게 잘 하는 남자가 되는 게 몇 배나 더 중요하기도 하고요. 앞에서 말씀드린 방법

중 나에게 맞는 것을 선택해서 시도하시고 노력하시고 파트너도 그 방법을 좋아한다면 그녀는 당신을 최고의 남자로 인정할 거예요.

love **14**

: 여자는 쓰레기라고 하고
남자는 스치는 바람이었다고 하네요

– 여러분들이 평가해 주실래요?

이번엔 제 지인이 시청자 여러분들의 평가를 원한다면서 말해준 내용을 이야기해 보겠습니다.

여자는 쓰레기라고 하고 남자는 스쳐간 바람이라고 하는 두 사람의 싸움 내용을 한번 들어보실래요?

남자와 여자는 재혼입니다. 둘 다 이혼을 하고 10여 년의 싱글 생활을 즐기다 결혼했어요. 여자가 원했던 건 친구처럼 연인처럼 맛있는 거 먹고 여행 다니면서 소소한 일상을 즐기고 싶다는 거였고 남자는 안정된 가정을 꾸리고 싶다는 욕구가 커져 있는 상태였죠.

두 사람은 50대 나이에 맞지 않게 연애도 요란스럽게 했답니다. 모임에서 알게 된 두 사람은 서로 돌싱인 것을 알자마자 사랑에 빠졌다네요. 밤에 전화통화를 시작해서 새벽까지 이런저런 수다를 떨고 서로의 얘기를 하다 보니 6개월 정도의 연애기간이었지만 서로에 대한 이해와 대화 내용은 10년 연애한 사람 못지 않았다고 합니다. 매일 핸드폰이 뜨거워져 더이상 대화를 계속하기 어려워질 때까지 통화를 하던 두 사람은 '이러다가는 건강을 해치겠다'라는 생각이 들어 6개월만에 결혼을 합니다. 좀 빠른 것은 아닌가 하는 불안함은 있었지만 그동안 나눈 얘기들이 너무 많아서 충분하다고 생각하고 결정을 한 거죠.

예상대로 꿈같은 결혼 생활이 흘렀습니다. 여자는 나를 이렇게 사랑하고 잘해주는 사람이 또 있을까라는 생각에 행복했고 남자는 사업이 어려워지는 시기에 용기를 북돋아 주고 필요한 자금도 지원해주는 여자에 대해서 고마움을 가지고 있었습니다. 서로에게 헌신적이었습니다. 음식을 먹을 때도 배우자를 먼저 먹이는 것이 당연했고 자면서 손이라도 안 잡으면 큰일날 것처럼 꼭 붙어서만 자야 하는 커플이었다네요! 여자가 돌아눕기라도 하면 남자가 화를 냈다나봐요. 자다가도 몇 번씩 사랑한다면서 볼에 뽀뽀를 하고 당연히 전화 통화나 카톡은 수십 통씩 주고 받았고요.

이런 정도의 사랑이라면 이 생의 사랑이 아니라 다음 생에도 꼭 만나서 사랑하자라는 사랑의 약속을 매일 했죠. 적어도 여자는 완벽한 커플이라고 생각을 하며 자신의 선택을 뿌듯하게 생각했고요.

그런데 부부가 아무리 사랑을 해도 서로 불만인 부분은 있게 마런인데요. 여자가 남자에게 가지고 있었던 불만은 소소한 거짓말을 많이 한다는 것이었고 같은 모임 여자 중 친하다는 이유로 몰래몰래 만나고 술을 마시는 한 여자가 있다는 것이었습니다. 남자가 그 모임녀랑 카풀도 안 하고 술도 안 마시겠다는 각서를 쓴 적도 있었고요! 남자가 여자에게 가지고 있었던 불만은 참을성이 부족하고 지나치게 완벽주의인 성향이라는 점이었고요.

그런 부분에서 부딪히고 찌그락짜그락 투닥거렸지만 1년 정도의 결혼 생활이 아주아주 행복하게 유지되고 있었답니다.

그런데 여기서 반전의 상황이 생겼대요. 바로 여자의 직장이 지방으로 이전하게 된 것이죠. 당분간은 직장 생활을 계속할 생각이었기 때문에 본의 아니게 주말부부가 되었습니다. 주말부부가 되었지만 남자가 지방으로 오기도 하고 여자가 올라가기도 하면서 매일 떨어져 있는 시간을 그리워하고 빨리 합쳐야 한다고 얘기하곤 했답니다. 그러던 어느 날 여자가 일 때문에 월차를 내고 서울을 올라왔고 남자의 옷가지를 정리하던 중에 이상한 종이를 발견합니다. 분명 그날 회의가 있어서 일찍 출근해야 한다는 전화통화를 했는데 주머니에서 골프장 락카번호를 발견한 거예요! 그럴 리가 없는데 싶은 여자가 골프장에 전화해서 동반자를 확인해보니 여자가 만나지 말라고 얘기했던 바로 그 모임녀와 조인을 해서 골프장에 갔더랍니다. 화가 난 여자가 그 모임녀에게 바로 전화를 했더니 모임녀가 그러더랍니다. "골프 치러 간 게 뭐 어때서요? 사모님도 골프 치러 다니시잖아요? 더 궁금한 건 남편에게 물어보셔야죠. 남편 의심하지 마시고 그냥 믿고 지내세요"라면서 되려 여자를 의심병 환자로 몰아붙이더랍니다. 모임녀의 당당함에 어이가 없었던 여자가 오늘은 끝장을 내고 증거를 잡아야겠다는 마음으로 남자의 소지품을 뒤졌는데 별것 없더랍니다. 그런데 '설마 뭐가 있겠어?'라는 심정으로 마지막에 뒤져 본 쓰레기통에서 그동안의 불륜 현장이 그대로 다 나왔대요. 남자가 발기가 잘 안 돼서 여자와는 제대로 하지도 못했는데 씨알리스라는 발기부전 치료약이 집 쓰레기통에서 우수수 나오고 여자의 긴 머리카락이 뭉텅이로 나오고 남자의 정액 휴지가 한두개가 아니었대요. 심지어 여자의 피 묻은 생리대까지요. 이게 무슨 일인가, 망연자실한 여자가 아파트 경비실에 가서 CCTV를 확인해보니 바로 그 모임녀가 여자가 지방으로 간 바로 다음 주부터 이집에 드나들었던 것이 확인되었답니다. 여자가 없을 때 얼씨구나좋다 모임녀를 불러들여 집에서 발기 약을 먹고 생리 중에도 섹스를 하고 엉켜 붙어 있었던 거죠! 매일 여자에게 사랑한다고 속삭였던 그 입으로 모임녀를 쪽쪽 빨고 있었어요. 간신히 정신줄을 잡고 여자가 모임녀에게 그 불륜의 흔적들을 동영상으로 보냈더니 그제서야 꼬리 내리더라네요. 남편은 더 말할 나위 없었고요. 남편이 그러더랍니다. 요즘 잘 안 서서 그 여자랑 해보면 잘 될까 시험해보고 싶었고 여자가 편하고 쉬워 보여서 건드렸더니 바로 넘어오더랍니다. 시작은 같이 술을 먹고 뒷좌석에서 대리기사를 기다리던 중 카섹스였는데 끝까지 못 갔답니다. 다음에 모텔을 몇 번 갔는데 코로나로 찝찝해서 집으로 불러들였고요!

그런데 모임녀를 만나서 얘기를 들어보니 남자 말과 달랐대요. 자기는 남자가 사업도 어려워지고 빚을 많이 졌다고 얘기하길래 그런 남자한테는 경제적 지원도 없을 것 같아서 몇 번을 밀어내고 만나지 말자고 했는데 그럴 때마다 남자가 집착을 하고 화를 내고 할 얘기가 있으니 집으로 오라고 요구했고요. 막상 집에 가면 관계만 요구하고요. 어디서 했냐고 물었더니 안방 침대랍니다. 그리고 여자한테는 재혼했다는 말도 안 하고 같이 사는 여자가 있는데 지방에 왔다갔다 한다고요. 같이 사는 여자도 사랑하지만 너를 사랑하는 감정과는 다른 감정이라면서 여자에게 지속적으로 연인으로 있어주길 요구했답니다.

여자는 자다가 날벼락 맞은 심정으로 모임녀에게 물었답니다. 너라면 이 상황이 이해가 되겠냐고···. 너랑 뒹굴고 있는 그 시간에도 남자는 나한테 사랑한다고 재미나게 살자고 톡을 보내는 이 상황을. 모임녀도 남자가 왜 두 여자를 가지려고 하는지 이해가 되지 않는다고 했다네요. 모임녀를 만나고 돌아오는 길에 여자는 자기가 그렇게 사랑하는 남자가 사실은 사랑하는 여자가 있고 없고 상관없이 다른 여자에게도 똑같이 사랑한다고 속삭이는 양아치에 쓰레기라는 결론을 내렸답니다.

사건 이후 남자는 모임녀를 사랑한 적도 좋아한 적도 없고 몇 번 즐기다 끝내려 했다며 매일 여자가 있는 지방까지 내려와서 무릎을 꿇고 이혼 못 한다, 다시 바람 피면 아파트와 전재산을 명의변경 해주겠다 얘기하는 중이고 모임녀는 직장에만 알리지 말아 달라고 사정 중이랍니다.

여러분! 여기까지가 제가 들은 내용입니다. 여러분들은 어떻게 생각하세요? 이 부부가 이혼을 하는 게 맞을까요? 남자의 말처럼 모임녀와 정리했으니 한 번 더 믿어 주고 결혼 생활을 유지하는 게 맞을까요? 저는 사람은 고쳐 쓰는 게 아니고 절대 바뀌지 않는다. 안타깝지만 그나마 빨리 알게 된 것을 다행이라고 생각하고 이혼하라고 충고했습니다. 여자가 그러더군요. 남편이 쓰레기인 것도 알겠고 바뀌지 않을 거라는 것도 아는데 아직도 남편을 사랑하고 있는 자신이 너무 밉다고요. 그 말 듣고 너무 가슴이 아팠습니다. 잘못한 건 남편과 모임녀인데 여자는 남자를 사랑하는 마음을 버리지 못

하고 지옥 속에서 혼자 괴로워하고 있었습니다. 부디 여자가 지혜
로운 선택을 해줬으면 하는 마음입니다.

연애에는 나이가 없다
그것은 언제든지 할 수 있다.

- 파스칼 -

love **15**
:남자가 바람 피우는 심리는 왜 그럴까요

오늘 제가 여러분들과 나누고 싶은 얘기는요. 사랑하는 연인이 있는데도 다른 여자에게 집적대고 사랑한다 속삭이는, 바람 피우는 남자의 심리입니다. 바람은 습관이라는 말들 많이 합니다. 한번 바람이 어렵지 바람을 한 번만 피우는 남자는 없다는 말도 있습니다. 바람을 경험하다 보면 들키지 않는 요령이 생겨서일까요? 그리고 바람둥이 남자의 경우 발기력과도 상관이 없습니다. 제가 아는 유명한 바람둥이가 있는데 하도 많은 여자랑 놀아나서인지 잘 서지도 않는데 수도 없이 많은 여자들을 섭렵하고 다닙니다. 달콤한 말과 재미있는 성격이 무기인 것 같더군요.

자! 그럼 연인이든 부인이든 사랑하는 사람이 있는데 다른 여자랑 즐기고 다니는 바람피우는 남자의 심리와 유형을 지금부터 말씀 드리겠습니다.

첫 번째, 남자로서의 자기 존재감입니다. 습관성 바람둥이입니다.

자기 여자가 싫은 것도 아닙니다. 연인 사이에 큰 갈등도 없습니다. 심지어 열렬히 사랑하는 여자가 있어도 다른 여자에게 관심이 갑니다. 내가 여자들에게 얼마나 잘 통하나 확인하고 싶고 자신이 매력적인 남자라는 인정을 끝없이 받고 싶어합니다. 이런 남자의 경우 일반적으로 고정적으로 만나는 여자가 한 명 있고 나머지 여자들은 수도 없이 바뀝니다. 양다리만도 아닙니다. 문어다리인 경우도 많습니다. 자신의 매력이 통하는 다른 여자가 나타나면 계속 갈아타고 있기 때문입니다. 그리고 이런 바람둥이는 굉장히 다정다감합니다. 물론 내 여자만이 아니라 모든 여자에게 다정다감하죠. 이런 남자랑 같이 살고 있는 부인이나 연인은 평생 마음고생하고 속 썩으며 삽니다. 다시는 바람을 피우지 않겠다 각서를 수도 없이 쓰고 약속을 하지만 그때뿐입니다. 바람 피우는 것 말고는 다 잘하는 사람이라 여자는 헤어지지도 못하고 그저 남자의 바람을 막기 위해 남자와 전쟁을 치르면서 고군분투합니다. 죽을 때까지 못 고치는 바람병입니다.

두 번째, 지금 만나는 여자가 식상해져서 바람을 피웁니다.

부인이나 연인과 권태기나 식상함에 빠져 더 이상 여자로 보이지도 않고 성욕도 생기지 않아서 바람을 피운다고 하는데요. 언뜻 그럴 수 있다라고 생각되는 바람이기도 합니다. 현재 바람을 피우고 있는 아주 많은 남자들이 갖다 붙이는 이유이기도 하고요. 같이 사는 여자가 어떻게 매일 새롭고 신선하고 사랑스럽겠습니까. 매일매일 새롭고 어제보다 오늘 더 부인을 사랑한다는 남자는 선이나 최수종밖에 없을 것입니다.

자, 그런데 여기서 빠진 게 있습니다. 권태기나 식상함을 극복하려는 노력을 얼마나 하고 있냐는 것입니다. 매일 먹는 밥이 맛이 없어서 외식을 한다고 바람을 비유하는 남자들 많습니다만 매일 먹는 밥을 맛있게 먹으려는 시도나 노력을 하고 있다는 경우 별로 못 봤습니다. 현실이 이러니까 바람을 피운다는 입장이라면 세상천지 바람피우지 않는 사람 없을 것입니다. 차라리 결혼이라는 제도도 없애고 언제든 자유롭게 사람을 바꿔 만나도 좋다라는 새로운 제도를 만들어야겠지요.

세 번째, 우연한 이유로 여자를 만났는데 그 여자에게 설레임과 사랑을 느껴서 바람을 피웁니다.

이런 경우 의외로 많죠! 혼자 살아가는 세상이 아니니까요. 모임에 나갔다가 얼떨결에 여자와 술자리를 했는데 말도 잘 통하고 재미있었고 집에 와서도 생각나다보니 따로 만나게 되고 바람이 시작됩니다. 등산을 하면서 배드민턴을 치면서 골프모임 등등에서 설레는 여자를 만나게 됩니다. 심지어 비즈니스로 만났는데도 어느날 훅 여자로 느껴지기도 합니다. 이때 바람둥이와 바람둥이가 아닌 남자와의 차이점은 바람둥이일 경우 자신의 느낌에 충실할 따름입니다. 그 여자가 좋다는 이유로 만남을 시작하는 것이고 바람둥이가 아닌 남자는 그 여자에게 설레임과 만나보고 싶은 욕망이 생기지만 연인이나 부인에게 의리를 지키지 위해서 절제하는 사람입니다. 수없이 많은 여자와 남자가 부딪치고 어울리며 살아가는 현실에서 절제할 줄 아는 남편이나 연인을 둔 여자는 이 세상에서 제일 행복한 여자입니다.

네 번째, 이상형을 만났는데 부인이나 연인과 헤어질 수가 없어서 바람을 피우게 됩니다.

바람이라는 말은 사랑이 아니어야 가능한 이야기인데 이때 바람은 사랑이라는 감정을 동반하기 때문에 아주 위험한 바람입니다. 이럴 경우 바람에 그치지 않고 그 여자와 같이 살고 싶다는 생각을 동반하기 때문에 삶이 완전히 바뀔 수도 있습니다. 기존 연인과의 의리와 새로운 사랑 사이에서 수많은 갈등을 하게 될 것이고 결국 남자는 어떤 선택을 하든지 자신의 행동을 책임져야 하겠지요.

다섯 번째, 우유부단하고 유혹에 약한 남자가 바람을 많이 피웁니다.

이런 남자들은 여자가 관심을 보이면 자기를 좋아하는 줄 착각합니다. 더구나 여자들이 더 적극적으로 남자에게 대시하는 세상이 오다 보니 여자들의 유혹은 끝도 없고 남자는 그 유혹에 쉽게 넘어가 버립니다. 이런 유형의 남자는 보통 돈이 좀 있고 순진한 남자들에게 많이 나타납니다. 여자가 먼저 남자의 재력을 보고 찍는 거죠. 그리고 순진한 남자에게 관심을 표시하고 남자가 좋아할 만한 행동을 하면서 꼬리를 쳤는데 바로 넘어가 버립니다. 바람의 대가로 꽤 많은 지출을 예상해야 하는 바람 유형입니다.

여섯 번째, 주체 못 할 성욕으로 바람을 피웁니다.

예전에 어떤 지인이 자기는 매일매일 관계를 해야 하는데 부인이 자기를 받아주지 못한답니다. 심지어 부인이 밖에 나가서 풀고 오라고 했다면서 자신의 바람을 정당화하더군요. 제가 그랬습니다. 부인이 진심으로 그런 말을 했겠냐, 당신이 시도 때도 없이 덤비니까 귀찮아서 밀어내려고 한 말일 뿐이라고요. 이런 욕망을 가진 남자

는 정말 여자를 가리지 않고 바람을 피우더군요. 나이트에 가서 원
나잇을 하고 직장에서도 이 여자 저 여자와 만나고 다니고 심지어
술자리에서 옆 테이블에 있는 여자와 합석을 해서 하룻밤 즐기더군
요. 이런 바람은 평생 고치지도 못할 뿐더러 여자의 종류를 가리지
도 않고 어떤 여자인지 관심도 없고 그저 자신의 욕구를 해소하려
는 쓰레기 바람둥이이기 때문에 가장 수준이 떨어지는 바람 유형입
니다. 같이 사는 여자는 남자의 이런 바람기를 인정하고 포기하고
살든지 아니면 같이 못 살든지 둘 중 하나를 선택해야 합니다.

일곱 번째, 저축형 바람둥이입니다

한 여자와 헤어지고 나서 그 공허함과 외로움을 바로 채우기 위
해 미리 세컨드를 만들어 놓곤 하는 남자인데요. 한 여자로는 평생
만족을 못하고 대안을 만들어 놓는 저축형 바람둥이입니다.

이상 남자가 바람 피우는 심리와 유형에 대해서 말씀드렸습니다.
여러분들은 어떤 생각이 드세요? 이런 이유 때문에 바람을 피우는
것이라면 '한번 바람을 피워 본 사람은 절대 한 번으로 끝나지 않겠
구나'라는 생각 들지 않으세요? 이유와 평계는 차고도 넘치니까요.
부부나 연인의 관계가 유지되는 힘은 사랑이라는 감정과 더불어

의리라는 무기가 있어야 합니다. 사랑이건 의리건 둘 중에 하나만
지키려는 생각을 가지고 있다면 지금보다 훨씬 더 평화로운 세상이
올 것 같습니다.

love **16**
: 바람기 많은 남자 꽉 잡고 사는 법

잘들 지내고 계신가요?

오늘은 바람기 많은 남자 꽉 잡고 사는 법에 대해서 알려드릴게요.

내 남자가 너무 끼가 많으신가요? 내 남편 주위에 여자가 너무 많으신가요? 내가 매력이 없는 것도 아닌데, 나를 사랑하는 것도 알겠는데, 내 남자가 끝없이 밖으로 눈을 돌린다고요? 그래서 속상하시다시고요? 그런데 아이러니하게도 수많은 여자들이 그런 바람기 많은 남자한테 매력을 느끼고 사랑을 느끼게 되는 건 왜 그럴까요? 바람기도 없고 한 여자한테만 충성을 다할 수 있는 남자가 주위에 수두룩한데도 왜 여자들은 그렇게 문제도 많고 바람기 많은 남자한테 상처받으면서도 끌리는 걸까요? 제가 오늘 그런 남자 꽉 잡고 사는 법을 알려드릴게요.

그럼 먼저 여자들한테 이런 질문을 던져볼게요. 재미는 없어도 성실한 남자에게 왜 여자들이 매력을 느끼지 못할까요? 분명 내 남자에게 바람기가 드글드글한 걸 아는데도 왜 여자들은 그 남자를 놓지 못하는 걸까요? 왜 그렇게 많은 여자들이 내 남자의 바람기 때문에 울고불고 가슴을 쳤으면서도 또 다른 사랑을 해도 그런 남자에게 끌리는 걸까요?

이유는 단 하나! 바로 그 남자가 매력있기 때문이에요. 그런데 문제는 그 매력이 나에게만이 아니라 모든 여자에게 통한다는 사실이죠. 휴우, 밉죠. 그런데 미우면서도 매번 그런 남자들과 사랑에 빠지는 바보 같은 모습이 또 우리 현실이기도 해요. 그럼 그렇게 바람기 있는 남자와 사랑을 하고 연인이 되고 부부가 되면 그 바람기가 없어질까요? 아니면 평생 그 바람기를 보면서 마음고생하면서 살아야 할까요? 팔자려니 하고 체념해야 할까요? 헤어져야 할까요? 아니에요. 바람기 있는 남자가 끝없이 밖으로 눈을 돌리고 다른 여자에게 다정해도 그 남자가 다른 여자와 관계 진전을 하지 못하게 할 수 있어요. 궁금하시죠? 이제 그 시작을 해볼까요?

첫째, 인정하세요. 뭐를 인정하냐고요? 내 남자의 매력과 바람기를요. 그걸 인정하셔야 바람기 있는 남자가 허튼 행동을 하지 못하도록 할 수 있습니다. '왜 내 남자는 사랑하는 나를 두고 다른 여자에게 눈을 돌릴까'라고 분노해 봐야 소용없습니다. 왜냐하면 바람기

126

는 본능이기 때문이에요. 제 주위에 이런 남자가 있습니다. 부인한 테 굉장히 헌신적이에요. 너무 잘 합니다. 매일 사랑한다고 하고 하루에도 수십 통씩 전화와 카톡을 합니다.

그런데 그 남자는 자기 주변 사람들 특히 친한 여자들에게 절대 자기가 얼마나 부인을 사랑하는지 얼마나 자기의 결혼 생활이 행복한지를 얘기하지 않습니다. 그냥 그렇게 얘기하기 싫습니다. 부인을 너무나 사랑하지만 친한 여자들에게 부인을 사랑한다고 얘기하면 자기를 매력 없는 남자로 생각할까 봐 못 하는 거죠. 남자 스스로도 인정하기 어려운 바람기입니다. 이런 남자와 사는 여자의 모습은 남자가 자기를 너무나 사랑하고 있다고 믿고 있기 때문에 절대 남자를 의심하지도 않습니다.

그런데 어느 날 내 남자가 나를 두고 바람을 피운다는 사실을 알게 되었을 때 세상이 무너지는 듯한 충격을 받습니다. 남자는 나는 그 여자와는 가벼운 사이다. 그냥 잠시 즐기려던 것뿐이고 절대 사랑한 것은 아니다라고 말합니다. 여자 입장에서는 엄청난 상처이고 배신인데도 말이죠. 이런 남자와 사는 여자 분들은 실망을 하고 속이 상하시겠지만 바로 이 점을 인정하셔야 합니다. '아, 내 남자는 타고 난 바람기가 있구나'라고요. 사랑하는 사람이 옆에 있어도 눈이 돌아가는 남자라는 사실을 인정하셔야 바람기를 발산하지 못하게 할 수도 있고 눈은 돌아가지만 팬티까지 벗지는 못하게 만들 수 있습니다. 내 남자의 넘치는 에너지와 끼를 인정하시고 끝없이 주위에 여자가 있는지를 확인하셔야 합니다. 설마 다른 여자와 바람을 피우겠어?라고 안심하는 순간 바람기 있는 그 남자는 다른 여자에게 속삭입니다. 네가 좋다. 오늘 밤 함께 있어줄 수 있니?라고요.

그런데 부인이 사랑하는 연인이 눈을 부릅뜨고 남자를 감시하고 있다면 그 남자는 다른 여자랑 즐기고 싶은 마음이 굴뚝같아도 걸리면 큰일이다 싶어 일정한 선 이상 나아가지를 못합니다. 바람기 많은 내 남자는 그 매력을 나에게만이 아니라 모든 여자에게 발산한다는 사실을 잊지 않아야 내 남자가 다른 여자에게 끼 부리는 것을 막을 수 있습니다.

두 번째, 바람기 많은 내 남자가 허튼 생각을 하지 않도록 만반의 준비를 하시면 됩니다.

그 준비를 어떻게 하냐고요? 핸드폰이 바람기를 확인할 수 있는 가장 강력한 무기이기도 하지만 다른 여자와 얼마든지 사랑을 속삭일 수 있는 도구이기도 합니다. 내 남자가 바람기가 있다면 이런 약속을 받아내세요. 핸드폰에 걸려있는 비번을 삭제하고 내가 의심가는 어떤 상황이나 행동을 한다면 언제든지 디지털포렌식으로 통화 내역과 카톡 내역을 확인하겠다고요.

그래서 카톡이 아닌 텔레그램으로 바람피우면 어떡하냐고요? 비번을 삭제시키면 텔레그램 앱을 깔았는지 확인할 수 있으니까 수시로 확인하시면 돼요. 내 여자가 언제든지 내 카톡을 확인할 수 있고 아무리 삭제해도 복원시킬 수 있는 방법이 있다는 걸 알게 되면 아무리 바람기 많은 남자라도 몸을 사리게 되고 다른 여자와의 연락에 주저하게 될 겁니다. 꼭 이렇게까지 해야 하냐고요? 네. 내 남자가 바람기가 있다면 '얼마전에 걸려서 혼쭐이 났는데 설마 또 바람을 피우겠어?'라고 생각하지 마시고 그렇게 하셔야 합니다. 아까도 말씀드린 대로 바람기는 본능이기 때문입니다.

세 번째, 도저히 삭제할 수 없는 장치를 만들어 놓으세요.

바람을 피우면 바람피우는 대상과 여기저기 다닐 것이고 시시때때로 통화와 문자를 주고받을 겁니다. 그런데 아무리 내비게이션을 확인하고 카톡을 확인해도 삭제할 수 있는 장치가 있는 도구는 별 의미가 없습니다. 이런 건 어떨까요? 블랙박스에 차량 내부 목소리가 녹음되는 장치가 있습니다. 그 장치를 끄지 않는 이상 옆자리에 누가 탔는지 그 사람과 어떤 대화를 주고받았는지 통화 내용이 뭔지 모두 확인할 수 있습니다. 차량 내부 목소리장치를 끄면 그 순간 바람이라고 생각하면 되기 때문에 목소리 녹음이 되는 블랙박스를 설치하세요. 옆자리의 여자와 하는 모든 대화 내용이 녹음되고 그걸 끌 수 없다고 생각하면 아무리 바람기 많은 남자라도 그 여자와 깊은 관계로 나갈 수가 없습니다.

네 번째, 남자의 모든 일정을 공유하시고 영상통화를 하세요.

보통 남자들은 한 달 일정이 있습니다. 정기 모임은 몇 개이고 어디어디이며 골프 모임은 몇 개인지도요. 내 남자의 일정을 공유하시고 그 모임의 참석자를 사진이든 참석자 누군가와 전화통화를 통해서든 누구와 있는지 확인하시면 됩니다. 골프 모임일 경우 스코어 카드를 찍어 보내라고 하세요. 통화 중 주위가 이상하게 조용하다 싶으면 가끔씩 영상통화를 통해 남자의 말이 맞는지를 확인하세요. 항상 이렇게 하실 필요는 없고 이상한 촉이 왔다거나 몇 번 이런 확인을 하면 아무리 바람을 피우고 싶어도 언제 옆자리의 사람을 바꿔 달라고 할지 모르고 언제 영상통화를 하자고 할지 모르기 때문에 조심할 수밖에 없습니다.

이상 바람기 많은 내 남자 꼭 잡고 사는 법에 대해 말씀드렸습니다. 자, 꼭 이렇게 해야 되냐고요? 세상은 넓고 내 남자는 매력이 있고 끼가 많은 사람이고 내 남자를 유혹하려는 여자가 세상에 널려 있다라고 생각하시면 이렇게 하세요. 내 남자는 다른 여자들에게 별 매력이 없는 남자라고 생각하시면 안 하셔도 되고요. 당하고 나서 마음 고생하는 것보다 처음부터 내 남자의 바람기를 인정하고 대비를 하시라는 뜻이에요.

젊어서의 사랑은 자신의 행복을 원하는 것이고
황혼의 사랑은 상대가 행복해지기를
바라는 것이다

- 메리 파이퍼 -

love **17**

: 바람기 많은 여자의 특징

- 알면서도 넘어가는 게 남자입니다

바람기 많은 여자의 특징입니다. 예전에는 바람이 남자의 전유물인가 싶었지만 요즘은 모임에 나가도 여자 숫자가 더 많을 때도 있고 여자들이 좀 괜찮다 싶은 남자들 주위로 몰려들어 적극적으로 대시하고 '술 먹자', '저녁 먹자' 하기도 합니다. 그런 중에 꼭 바람기 많은 여자가 있게 마련인데요. 보통 그런 여자는 만나는 남자가 한두 명이 아닙니다. 이 모임 저 모임에서 애인을 두다 보니 매일매일 약속도 많고요. 자, 그렇다면 연인이나 남편이 있는데도 바람을 피우고 이 남자 저 남자 만나고 다니는, 바람기 많은 여자들의 특징을 말씀 드리겠습니다.

첫 번째, 주변에 일단 남자들이 많습니다

요즘은 주부들도 집에만 있는 사람 없습니다. 사회생활 하는 여자들도 많고요. 그중에서 바람기 많은 여자들은 주변에 일단 남자

가 많습니다. 노골적으로 자기는 남자들하고만 어울린다고 말하는
여자도 있더군요. 모임에 나가도 꼭 남자 옆자리에만 앉고 남자들하
고만 대화를 하고 따로 약속을 잡습니다. 당연히 여자가 많은 모임
은 따분해하고 재미없어 하죠. 남자들하고 어울려야 공짜 술도 먹
고 선물도 챙기고 여왕처럼 대접받을 수 있으니까 말이죠. 그렇게
알고 지내는 남자들 중에서 자기랑 사귀고 싶어 하고 대시하는 남
자 중에 주머니 사정 넉넉한 남자를 선택하면 되니까 주변에 남자
가 많다고 자랑하는 여자들은 바람기가 많다고 보시면 됩니다.

두 번째, 모든 남자에게 친절합니다.

여자가 바람기가 있으려면 남자들에게 어필하는 부분이 있어야
겠죠. 그래서 바람기 있는 여자들은 잘 웃고 잘 들어주고 항상 밝
은 성격으로 남자들의 호감을 삽니다. 원래는 싸움닭처럼 앙칼진
여자인데도 말이죠. 여자의 진짜 성격을 알 리 없는 많은 남자들은
여자의 밝고 쾌활하며 사교성 있는 태도에 매력을 느끼고 호감을
가지게 되는데 모임에 가서도 음식이며 수저 놓는 것까지 본인이 다
챙기는 친절함을 베풉니다. 그래서 바람기 있는 여자들은 인기녀이
기도 합니다. 그런 과정에서 남자들은 여자의 친절함이 자기에 대
한 호감이라고 착각하고 대시하고 여자는 이 남자가 내 매력에 꽂

혔구나 생각하면서 그 대시를 당연하게 받아들입니다. 서로 자기만 좋아한다고 착각한 남자들이 그 여자를 독차지하려고 보이지 않게 견제를 하는 모습 또한 바람기 많은 여자는 즐기게 됩니다.

세 번째, 핸드폰의 보안에 적극적이고 걸려오는 전화를 안 받습니다.

핸드폰을 잠가 놓고 누가 볼까 봐 숨기는 걸로 모자라서 만나는 남자 앞에서 늘 핸드폰을 뒤집어 놓습니다. 혹시라도 다른 남자에게 톡이 오거나 서로 같이 알고 있는 남자에게 걸려오는 전화를 들키지 않아야 하기 때문이죠. 특히나 저녁시간에 함께 있는 중에 걸려오는 전화를 안 받아도 된다면서 절대 받지 않는 것도 바람기 많은 여자의 특징입니다. 그 여자에게 걸려오는 전화는 십중팔구 남자이고 오늘 밤 시간 어때?라고 물어보는 전화이기 때문이죠.

네 번째, 대체적으로 어느 선까지는 가볍게 허락합니다.

바람기 많은 여자에게 스킨십은 생활이며 물 마시는 것보다도 쉬운 일입니다. 평소 관심이 없는 여자였다고 해도 노래방에서 블루스를 출 때 가슴을 밀착한다거나 팔짱을 끼는 스킨십을 하면 몸이 달아오르는 게 남자의 본능이다 보니 남자의 관심을 끌고 끼를 부리려면 어느 선까지는 가볍게 허락해야만 합니다. 보통 남자들은 그 여자와 스킨십을 하게 되면 관심이 가기 시작하고 눈길이 한 번 더 가고 그러면서 이 여자를 따로 만나볼까 하는 생각을 하게 되거든 요. 바람기 많은 여자들은 남자들의 단순한 욕망을 잘 이용합니다.

다섯 번째, 헛발질하지 않기 위해 남자를 떠보기도 합니다.

바람기 많은 여자들은 한 남자에게 올인할 이유가 없기 때문에 누가 자기에게 관심이 있는지를 끊임없이 탐색합니다. 자기를 어떻게 생각하는지 자기와 사귀고 싶어 하는지를 계속 찔러보면서 그중에서 남자를 골라냅니다. 굳이 자기에게 관심 없는 남자에게 시간 낭비를 할 필요가 없기 때문이죠! 이 여자의 머릿속에는 남자는 차고도 넘치고 나는 남자들에게 인기가 있어라는 자신감이 꽉 차있습니다.

여섯 번째, 여자가 먼저 접근도 합니다.

바람기 많은 여자는 마음에 드는 남자를 발견했을 경우 다른 여자가 그 남자를 채가기 전에 먼저 접근을 해서 자신의 매력을 발산하기도 합니다. 접근하고 대시했는데 남자가 별로 반응이 없으면 바로 다른 남자로 갈아타면 되기 때문에 부담이 없습니다. 경우에 따라서는 요즘 부쩍 외롭다느니 남편과 각방을 쓴다느니 하면서 스스로를 무장해제시켜 남자의 관심을 끕니다.

일곱 번째, 남자를 잘 모르고 남자를 사귀어 본 적이 별로 없는 여자인 척 행동합니다.

쉬워 보이고 남자 많아 보이는 여자를 남자들은 싫어하기도 하고 경계하기도 하죠. 바람기 많은 여자들은 아는 남자들은 다 일 때문이고 실제로는 남자를 사귀어 본 적 없는 순진한 여자인 척합니다. 섹스에 대한 얘기가 나와도 눈을 동그랗게 뜨면서 어머어머 신기한 척하고 처음 듣는 얘기인 척합니다. 이 남자 저 남자랑 자고 다니는 걸 제가 알고 있는 어떤 여자가 "오랄이 무슨 말이에요?"라고 얘기해서 어이없었던 적도 있습니다. 바람기 많은 여자는 순진해 보이는 여자 중에 의외로 많습니다.

여덟 번째, 남자를 대할 때 당신이 최고라는 느낌이 들게 합니다.

남자들은 모두 가슴속에 빛나는 기사의 갑옷을 가지고 있는데요. 자신을 최고라고 인정해주고 칭찬해 주는 여자를 만나면 그 갑옷을 꺼내 입고는 여자를 향해 돌진합니다. 바람기 많은 여자는 자신을 위해서 모든 것을 바칠 수 있는 갑옷을 꺼내 입는 방법을 잘 알고 있습니다. 모임에서 당신이 제일 멋있고 잘나가는 남자로 보인다는 말에 남자는 후끈 달아오르면서 그 여자에게 자신이 최고의 남자라는 것을 보여주기 위해 지갑을 열고 선물을 사줍니다.

아홉 번째, 바람기 많은 여자는 여자로서의 자존감도 높습니다
자기의 매력을 잘 알고 있고 어떤 부분에서 남자들에게 어필하는지도 잘 알고 있기 때문에 누구를 만나더라도 자기를 좋아하게 할 수 있고 자기와 만나려는 남자는 줄을 서있다고 생각합니다.
남자를 다룰 줄 알고 어떤 말을 하면 남자가 좋아하는지 어떤 행동을 하면 사랑스럽게 보이는지 잘 알기 때문인데요. 한 발 더 나아가 내 매력에 남자들이 빠져들고 있어 라고 자뻑을 하게 됩니다.

열 번째, 남자의 의도를 알면서도 명확하게 거절하지 않는 여자입니다.
보통은 연인이 있으면 다른 남자를 밀어내게 되는데요. 하지만 바람기 많은 여자는 '가는 남자 안 잡고 오는 남자 안 막는다라는 식으로 그 남자에게 특별한 감정이 없어도 만나자고 하면 만나고 밥도 얻어먹고 공짜 라운딩도 따라 갑니다. 심지어 사랑하는 감정이 없는데도 남자가 오늘 밤에 같이 있고 싶다고 하면 모텔을 따라

갑니다. 명확하게 거절하지도 않고 받을 것은 받아내는 여유로움을 가지고 있는 여자입니다.

이상으로 바람기 많은 여자의 특징에 대해 말씀 드렸는데요 공감 되시나요? '나는 언제든 쿨하게 만나고 정리할 수 있는 바람기 많은 여자가 좋아'라고 생각하는 남자라면 상관없지만 내가 만나는 여자가 나만 만나는 줄 알았는데 알고 보니 세 번째, 네 번째 남자인걸 알게 되었다면 어떤 기분일까요? 남자도 여자도 바람기는 본능입니다, 여러분.

love **18**
: 부부가 애인처럼 살 수는 없을까요?

- 때론 격렬하게 일탈을 즐기고 로맨틱 데이를 정하고
번갈아 가면서 원하는 부부 관계를 하세요

    오늘 제가 드리고 싶은 얘기는요. '부부가 애인처럼 살 수는 없을까요? 밖에서 애인을 구하지 말고 부부가 애인이 되어 살아가는 이런 방법은 어떨까요?'입니다

    결혼은 사랑의 무덤이라는 말들 하죠! 열렬히 사랑했던 사이도 현실의 결혼 생활로 들어서면 신선한 맛은 사라지고 일상의 스트레스 안에서 별 감정 없이 시들해지는 경우가 많이 있는데요. 환상은 서서히 벗겨지면서 단점이라는 요물은 큐피드 화살을 부러뜨리고 냉정하게 상대를 직시하게 만들죠. 먹고 살기 바쁘다는 적당한 이유가 가미되면서 사랑이라는 감정은 선반에 올려놓고 옛 시절을 얘기하는 것조차 쉽지 않은 것 같아요. 이름하야 '생활전선'이라고 할까요. 하지만 결혼 이후에도 애인처럼 관계가 유지되는 커플을 보면 이 커플의 알콩달콩 결혼 생활은 현실의 어려움을 이겨 나가는 데 큰 원동력이 되더군요. 자, 그럼 부부가 애인처럼 사는 방법에

대해서 얘기해 보겠습니다. 이 중에서 한 두 가지라도 시도해 보면 좋을 것 같아요.

첫 번째, 때로는 격렬하게 때로는 설레임으로 일탈을 즐겨보세요. '즐긴데이' 날을 정하세요.

결혼하고도 연애 하듯이 살아가기 위해서는 일상에서 벗어날 필요가 있습니다. 일탈 행동도 필요합니다. 모 연예인은 부인과 종종 모텔을 간다 하고, 모 연예인 부부는 섹스 사전예약제를 한다고 하죠! 연인 같은 감정을 유지하는 비결일 수도 있습니다. 내 남자는 언제나 다른 여자와 즐길 수 있고 내 여자도 다른 남자와 관계를 하며 오르가슴을 느낄 수 있습니다. 다른 사람과 즐기고 싶다는 욕구를 사전에 방지하기 위해서라도 습관적인 배설이 아닌 오늘 한번 화끈하게 즐겨 보자라는 즐긴데이 날을 정해보세요! 그날은 두 사람이 불륜처럼 연인처럼 즐겨보는 겁니다. 속옷을 입지 않은 채로 드라이브를 나가 차에서 관계를 가져 볼 수도 있고 모텔에 가서 욕조 가득 물을 받아 놓고 와인을 마시면서 버블목욕을 같이 하는 겁니다. 분기에 한번 정도 이벤트 날을 정해서 어떻게 놀지를 상의하는 것 자체가 흥분되는 일입니다.

남자와 여자가 결혼을 하는 이유는 평생 합법적인 성관계를 하기 위해서죠. 부부는 가족이 아니라 서로의 몸을 원하는 이성관계여 야 합니다. 시간과 돈이 아깝다고요? 설레임을 유지하기 위해서는 투자도 필요합니다. 연애의 긴장과 결혼 생활의 편안함의 밸런스를 잘 맞춰 주는 게 필요하니까요.

　두 번째, 최소한 한 달에 한 번은 로맨틱 데이를 정하세요.

　꼭 밖에서 부부가 술을 한잔하세요. 서로에게 사과하는 시간을 가지세요. 아내가 술을 별로 안 좋아한다고요? 그럼 술잔을 앞에 두고 분위기만 맞춰 주면 됩니다. 술이라는 게 과하면 독이 될 수 있지만 또 술만큼 솔직한 얘기를 나눌 수 있는 무기는 없습니다. 이 때는 삼겹살 같은 메뉴 말고 아내가 좋아하는 식당에 예약해서 로 맨틱한 분위기를 연출하는 게 좋습니다. 집에서는 편안하게 마음 속 이야기를 하기 어렵기 때문에 밖에서 분위기를 연출해 보는 겁 니다. 대화의 주제도 돈 이야기·가족 이야기 말고 두 사람만의 이야 기를 하세요. 요즘 고민되는 것, 미래를 위해서 부부가 같이 준비해 야 하는 것 등등요. 그리고 꼭 빼먹지 말아야 할 것이 사과타임입 니다. 내가 '지난번에 몇월 며칠에 이렇게 행동해서 미안해'라는 말 을 준비해서 서로에게 사과하는 시간을 갖습니다. 서로 사과하고 그 사과를 받아들이고 집으로 돌아오는 길은 팔짱을 끼지 말라고 해도 저절로 팔짱을 끼게 될 것입니다.

세 번째, 부부 관계를 할 때 한 번은 남편이 원하는 방식으로 한 번은 아내가 원하는 방식으로 즐겨 보세요.

습관적으로 또 때가 되었으니 관계를 갖지 마시고 두 사람이 원하는 체위와 받고 싶은 애무를 얘기하세요. 오늘 남편이 원하는 방식으로 부부 관계를 가졌다면 다음에는 아내가 원하는 애무를 해주는 겁니다. 서로 대화를 통해서 충분히 가능합니다. 부인들의 불만이 흥분도 되지 않았는데 남편 혼자 흥분하고 끝내 버린다는 이야기들이 많습니다. 아내의 날을 정하고 그날은 아내를 만족시켜 주기 위해서 남편이 노력하면 아내도 남편의 날에는 기꺼이 남편의 요구에 응할 것입니다. 잊지 마세요, 부부는 영원히 남자와 여자여야 합니다.

네 번째, 무조건 야외 데이트를 자주 합니다. 꼭 손을 잡고 산책하세요.

외출을 자주 하고 산책을 함께 하는 것은 아주 좋은 방법 중에 하나입니다. 부인이 자식교육 때문에 캐나다에 떨어져 살면서 우울증이 와서 힘들었던 부부가 있습니다. 남편은 별로 말도 없고 재미있는 사람은 아니었지만 우울증에 걸린 부인을 외면하지 않고 부인을 한국으로 오게 하여 시간만 나면 같이 산책을 하고 함께 있으려고 노력했습니다. 남편의 보살핌을 받아 부인의 우울증이 치료되었습니다. 같이 야외를 걸으면서 이런저런 대화를 나누고 예전에 좋았던 기억들을 얘기하면 서로 애틋한 감정이 되살아나기도 합니다. 산책을 할 때는 꼭 손을 잡고 걸으시기 바랍니다. 부부는 작은 스킨십이라도 해야 더 정이 쌓이는 법입니다. 나이가 들어가면 갈수록 더 많이 야외 데이트를 하는 것이 좋습니다. 제가 아는 부부는 한 달에 한 번은 무조건 캠핑 장비를 싣고 야외에서 잠을 자고 옵니다. 캠핑카를 사는 게 두 사람의 목표가 되었습니다. 남편이 정년퇴직을 해서 생활은 예전보다 어려워졌지만 남편이 직장생활할 때보다 지금이 더 좋다고 하더군요. 집에서는 물도 가져다 먹을 줄 모르는 남편이 밖에서는 앞장서서 일을 하는 것을 보면서 행복을 느낀답니다.

다섯 번째, 억지로라도 서로의 숨은 매력을 찾아보는 겁니다.

아내의 매력을 잊어버린 채 밖으로만 도는 남자들, 정말 많죠. 남편에게 매일 잔소리를 하다 보니 연애 시절 나를 설레게 하던 남편은 지구 밖으로 날아가 버렸고요. 그렇지만 부부가 서로 발견하지 못했거나 잊고 있었던 매력이 밖에 나가 다른 사람에게는 매력으로 어필된다는 사실을 잊으시면 안됩니다. 남편의 불륜으로 흥분한 부인이 상간녀를 만났더니 남편이 매너 좋고 멋있어서 끌렸다고 얘기하더랍니다. 부인 눈에는 꾀죄죄한 중년 아저씨로 보이는 남편이 다른 여자 눈에는 멋있게 보였던 모양입니다. 내가 좋아했던 또 내가 사랑했던 내 남자 내 여자의 매력을 잊지 말고 서로의 장점이 무엇인지를 가끔이라도 생각해 본다면 애인 같은 부부 사이를 유지할 수 있습니다.

여섯 번째, 남편이나 아내가 밖에 나갈 때 항상 배웅을 하시고 가벼운 입맞춤을 하세요.

사랑한다는 말을 하루에 한 번 이상 하세요. 처음에는 어색할 수 있고 입에서 사랑한다는 말이 떨어지지 않을 수도 있습니다만 습관을 들이면 됩니다. 서로 집 밖으로 나갈 때 가벼운 허그와 입맞춤을 하는 습관을 들이면 밖에 나가 다른 여자와 남자에게 눈 돌리는 일이 줄어들게 됩니다. 억지로라도 사랑한다는 말을 자주 하다 보면 남남처럼 데면데면한 부부 사이는 안 되지 않겠습니까?

부부 사이의 가장 큰 적은 미움이 아니라 무관심입니다. 서로 무

관심해지지 않도록, 내가 관심을 주지 않고 가족이라고 얘기하는
사이 내 남자 내 여자는 다른 사람과 사랑에 빠질 수도 있다는 사
실을 잊으시면 안 됩니다.

사랑에는 한 가지 법칙밖에 없다.
그것은 사랑하는 사람을
행복하게 만드는 것이다

- 스탕달 -

love **19**
: 여자들도 이럴 때 이 남자와 자고 싶다

오늘 제가 드리고 싶은 얘기는요. '여자들은 어떤 순간에 남자와 사랑에 빠지고 그 남자와 자고 싶어질까'입니다.

여자분들! 아무런 감정이 없는 남자였는데 갑자기 어떤 사소한 계기로 가슴이 설렌 적 없으신가요? 그냥 아는 남자였는데 그 남자와 자보고 싶다고 생각한 순간은 없으신가요? 남자와 마찬가지로 여자들도 남자한테 혹 가는 순간이 있고 '저 남자, 갖고 싶다'라고 생각하는 걸 아시나요. 우리 한번 그 때가 언제인지 알아볼까요?

첫 번째, 깔끔하고 슈트가 잘 어울리고 매끈한 턱선을 볼 때입니다. 머리가 단정하고 수염을 깔끔하게 민 턱선을 보면 여자는 남자의 얼굴을 만져보고 싶습니다. 남자 옆에 있는데 은은한 향이 느껴지면 손잡고 싶어집니다. 평소에 캐주얼한 옷차림이었는데 어느 날 슈트에 세련된 넥타이를 매고 나타난 남자를 보면 설렙니다. 남자의 신사 같은 모습이나 반전 있는 모습을 보면 여자는 그 남자와 사랑에 빠지고 싶습니다.

두 번째, 의외의 장소나 행동에서 남성성을 느끼면 이 남자와 자보면 어떨까 하는 상상을 합니다.

말라 보였는데 팔을 잡았을 때 의외로 단단한 근육이 느껴지고 허벅지가 나무토막 같을 때, 같이 운동을 하는데 운동 신경이 뛰어날 때, 평소 여성스러운 성격이라 생각했는데 논쟁이 벌어졌을 때 지지 않고 자기 의견을 관철시킬 때 남자가 달라 보입니다. 여자는 남자의 남성성을 느끼는 순간 이 남자가 잠자리도 잘할까 생각하면서 한번 자보고 싶다는 생각을 합니다.

세 번째, 적당히 술기운이 올랐을 때입니다

남자도 술기운에 같이 있는 여자가 예뻐 보이고 안고 싶어지듯이 여자도 술에 취하면 평소에 남자로 안 느껴졌거나 어렵기만 하던 남자도 귀여워 보이고 매력적으로 보입니다. 허물어지고 싶습니다. 없는 매력 있는 매력 발산을 해서 남자에게 어필하고 스킨십하고 싶어집니다. 대화를 하면서 남자 몸을 터치하고 팔짱을 낍니다. 남자가 진도를 더 나가주기를 기다리면서 자극을 줍니다. 이런 경우는 사랑이라는 감정보다 한번 자보고 싶다는 생각을 더 많이 하게 됩니다. 술기운에 흥분되어 잠자리를 해보고 관계를 이어나갈지 말지를 판단하는 경우입니다. 그러나 술이 많이 취했을 때는 아무 생각도 들지 않고 다음 날 후회할지도 모르니까 여자 스스로도 상태를 잘 확인해야 합니다

네 번째, 손이 크고 골격이 큰 남자를 볼 때 이 남자의 페니스도 강하고 힘이 있을까 상상을 해봅니다.

이런 상상은 섹스를 굉장히 좋아하는 여자에게 나타날 수 있는 반응인데요. 특별히 이 남자와 사귀고 싶다는 생각은 없지만 이 남자에게서 힘이 좋고 잠자리 기술이 좋을 것 같다는 게 느껴지면 한번 화끈하게 즐기고 싶다는 생각을 합니다. 그래서 섹녀 섹남이 서로를 알아보나 봅니다. 감정 따위 필요 없이 오로지 육체적인 즐거움이 중요한 여자입니다.

다섯 번째, 뭐니 뭐니 해도 작은 거라도 선물을 안겨 주고 기념일을 잘 챙길 때입니다.

생각지도 않았는데 지나가는 길에 네가 생각나서 샀다고 스카프를 건네거나 여자들한테 좋은 거라면서 영양제를 건네면 그 선물의

가격을 떠나 여자는 나를 생각해 주는 남자의 행동에 감동을 받습니다. 큰 선물 한 가지보다 작은 선물 여러 개가 여자를 더 감동시키기도 하지요. 다만 그 선물이 여자에게 전혀 필요 없는 물건이 아니어야 하고요. 남자의 마음이 느껴져야 합니다.

또 요즘은 밴드나 카톡에 사람들의 생일이 뜹니다.

보통은 이모티콘이나 문자로 축하를 하고 말지만 생각지도 않았는데 땡똥 선물이 도착했어요라며 선물을 보내 오거나 생일날 막상 같이 식사를 할 사람이 없어서 쓸쓸하던 차에 저녁식사 하자는 데이트 신청이 오면 평소보다 열 배나 만 배나 그 남자한테 감동을 받습니다. 여자들은 기념일 이라는 것에 의미 부여를 많이 하는 성향이 있다 보니 남자가 생일이나 명절, 크리스마스등의 기념일을 챙겨주면 이 남자와 사귀어 볼까라는 생각을 하게 되고 그런 날 데이트를 하면 잠자리까지 이어지는 경우가 많습니다. 여자는 자기가 좋아하는 남자보다 자신을 더 많이 좋아해주고 생각해주는 남자에게 마음의 문이 열리고 온 몸이 무장해제되니까요.

여섯 번째, 다른 사람들 앞에서 돋보이는 남자를 볼 때 여자는 그 남자가 갖고 싶어집니다.

남자가 모임에서 사람들 앞에 나가 멋있게 인사말을 할 때 다른 여자들이 그 남자 옆에 앉고 싶어서 은근슬쩍 경쟁을 벌일 때, 지갑 잘 열고 돈을 잘 써줄 때, 세련된 말투와 배려심에 사람들에게 인기 있을 때 그 남자를 내 것으로 만들고 싶다는 욕구를 여자도 느낍니다. 그 남자가 나만 바라봐주고 내 남자가 되어 주었으면 좋겠다는 상상을 해봅니다. 이른바 정복욕이라고 하더군요. 이런 남자와 사귀게 되면 여자 자신도 레벨 업되는 느낌을 가질 수 있고 경제적인 지원도 받을 수 있다는 기대감 때문입니다.

일곱 번째, 사람이 많은 곳에서 여자를 보호해 주고 무심한 듯 스킨십할 때 이 남자와 더 진도 나가고 싶어집니다.

사람 많은 지하철을 탔는데 다른 사람과 부딪치지 않도록 뒤에서 버텨주고 비 올 때 같이 우산을 썼는데 남자 어깨는 다 젖어도 여자가 비 맞지 않도록 여자 키에 맞추어 받쳐주고 신호등 앞에서 빠르게 지나가는 차를 피해 확 끌여 당겨 줄 때 여자는 이 남자의 가슴에 안기고 싶습니다. 어떤 상황에서도 나를 보호해 줄 수 있는 남자라는 생각에 믿음이 생기고 남자의 무심한 스킨십에 가슴이 떨리고 먼저 손도 잡고 싶고 키스하고 싶어집니다.

여덟 번째, 항상 리드하고 준비된 데이트를 해주는 남자입니다.

여자는 데이트할 때 여자에게 의견을 물어보지만 알아서 리드해주는 남자를 좋아합니다. 여자를 위해서 인터넷을 검색하고 맛집을 찾고 미리 예약을 해주면 대접받는 느낌을 받게 되고 '이 남자와 함께 있으면 내가 여왕처럼 지낼 수 있겠구나' 하는 상상에 행복해합니다. 그 남자와의 데이트가 항상 기다려지고 더 진도를 나가보면 어떨까 상상하게 됩니다.

아홉 번째, 무조건 내 편 들어줄 때입니다.

회사나 모임에서 다툼이 일어났을 때 무조건 내 편 들어주는 남자, 다르게 보입니다. 식당에서 머리카락이 나와 매니저에게 항의했는데 그냥 넘어가라고 하지 않고 차분하게 같이 컴플레인해줄 때 '이 남자는 언제든 내 편이 되어주는 구나'라는 마음에 새롭게 보입니다. 친구나 지인과 다투고 씩씩거리면서 얘기했는데 "그 사람 혼내줄까" 하면서 기분 풀어주는 남자, 사랑스럽게 보입니다.

이상 여자들이 남자와 사랑에 빠지고 싶고 자보고 싶다는 생각을 하는 순간이 언제인지 알아보았습니다. 여자는 물질에 약하다고요? 네, 그 말도 맞습니다만 여자를 감동시키는 일에는 작은 배려와 따뜻한 말 한마디가 더 잘 통하기도 합니다. 또 여자들도 감정이 중요한 사람이 있고 스킨십이나 성관계가 더 중요한 사람도 있어서 어떤 성향인가에 따라서 반응하는 속도와 내용이 달라지기도 합니다. 하지만 순간 여자가 남자에게 설레임을 느끼고 같이 자고 싶다고 생각을 하더라도 그 이후에 남자의 행동이나 말에서 진정성이 느껴지지 않으면 그 감정은 유야무야 흐지부지 될 수 있다는 점을 잊지 말아주세요.

love **20**

인기녀로 보이지만 모임에
꼭 있는 꽃뱀녀를 아시나요?

오늘은 모임에 꼭 한명씩 있는 꽃뱀녀에 대해 말씀드려 볼까 합니다. 이름을 이렇게 붙였지만 사람들에게 보이는 모습은 인기 있고 애교 많은 여자입니다. 여기서 구분 짓는 기준은 여자가 모임에 가입하는 목적이 있으면 꽃뱀녀로 목적이 없으면 단순 인기녀입니다.

우리는 수도 없이 많은 모임이 있지만 인기 있는 남자 인기 있는 여자는 언제나 소수입니다. 그중 여자의 경우 인기녀가 되려면 외모가 어느 정도 받쳐줘야 하고 외모가 좀 떨어지면 발랄함과 친절함으로 자신을 커버해야 합니다. 인기녀는 주위 사람들을 배려하고 싹싹하고 잘 웃고 남자를 다룰 줄 알기 때문에 남자들은 인기녀 주변으로 모여들게 마련이고 그 여자와 친해지기 위해 갖은 노력을 다합니다. 이 인기녀가 처신을 제대로 하고 자기 절제를 할 줄 안다면 모임이 깨지거나 이래저래 시끄러운 일이 발생하지 않겠지만 의외로 여자 한 명 모임에 잘못 들어와 가정 파탄 나고 인생 꼬이는 남자도 생깁니다. 당연히 남자들은 그 구분이 쉽지가 않고 설사 나중에 여자의 목적을 눈치 챈다 하더라도 이미 정이 들어 헤어 나오지 못할 수도 있기 때문입니다. 자, 그럼 어떤 여자가 인기녀를 가장한 꽃뱀녀인지 한번 살펴볼까요?

첫 번째, 직업상의 목적이 있는 여자입니다.

모임에서 눈에 띄게 발랄한 여자가 있었습니다. 나이 상관없이 모든 남자를 오빠라고 부르고 술자리마다 번개자리 마다 빠지지 않고 나오는 여자였습니다. 항상 콧소리를 내고 술값 계산도 잘하고 시시때때로 선물도 보냅니다. 술도 잘 마시고 분위기도 잘 띄워주는 이 여자를 보면서 남자들은 한 번씩 생각합니다. 이렇게 상냥하고 예쁜 여자랑 사귀어 보고 싶다고요.

그런데 이 여자는 남자가 어느 정도 자기한테 넘어왔다 싶으면 바로 계약서를 들이밉니다. 열심히 영업하시는 분들 오해받을까봐 업종을 얘기하지 않겠지만 여자는 동호회든 비즈니스 모임이든 가입하게 되면 초기에 열심히 활동을 하고 임원도 맡습니다. 그러면서 물색하는 거지요. 누가 나의 호구가 되어줄 건지를요. 목적 달성을 하는 중에 스킨십과 잠자리는 기본입니다. 그렇게 몇 명의 남자를 골라 목적을 달성한 후에 여자는 그 모임을 탈퇴하고 새로운 먹잇

감을 찾습니다. 여자랑 사귄다고 생각했던 남자들은 어느 날 여자에게 팽을 당하고 나서야 깨닫습니다. 여자의 목적에 이용당하고 청구서만 남았다는 사실을요.

두 번째, 모임의 중심이 되어야만 하는 여자입니다.

영업적인 이유는 아니지만 모임에서 자신의 위상을 높이고 인정받고 안방마님처럼 모임을 주도해야 하는 여자입니다. 모임의 영향력 있는 남자를 적극 유혹하여 성관계를 맺고 그런 남자 주위에서만 얼쩡거리는 여자이기도 하고요. 보통 여자들이 총무나 재무등의 임원을 맡게 되는데 임원이 되면 라운딩도 공짜로 하고 이런저런 혜택도 많고 무엇보다 모임을 여자 중심으로 이끌어 나갈 수 있기 때문에 스스로가 여왕벌이 된 듯한 착각과 만인의 연인으로 대접받고 있다는 자아도취형 여자입니다.

이런 여자들은 자기애가 굉장히 강하고 세상의 모든 남자는 자기를 좋아할 수밖에 없다고 착각하면서 살아갑니다. 그렇게 인정받기 위해서 밝은 모습으로 사람들을 배려하고 챙겨주고 냉면도 잘라주고 음식세팅도 해주는 등 최선의 노력을 합니다. 그런 여자의 모습이 예뻐 보여 남자들이 대시하고 만나는 남자들이 앞다투어 지갑을 열지만 여자는 자기 같은 인기녀를 만나려면 그 정도는 당연한 거라고 생각합니다. 자기를 만나려는 남자는 줄 서있고 선택권은 자신에게 있다고 믿으니까 말이죠. 색깔은 다르지만 목적을 가지고 모임에 나오는 여자의 모습입니다.

세 번째, 스폰서를 찾는 게 목적인 여자입니다.

제가 비즈니스 모임에 나가서 굉장히 실망하는 여자들이 있습니다. 외모 멀쩡하고 명함 그럴싸한데 남자들하고만 친하려고 하고 이 남자 저 남자 누가 돈이 많은지 누가 돈을 써줄 건지 간 보고 다니는 여자입니다. 여자들은 그런 여자와 절대 친해지거나 상대 안 합니다.

그런데 의외로 이런 여자들이 많습니다. 이런 여자들은 모임에서 자기 말고 다른 누군가가 인기가 있으면 엄청 싫어하고 뒷담화하고 그 여자를 경쟁자로 생각합니다. 막상 당하는 여자는 왜 그런지 이유도 잘 모르는데 말이죠. 그런데 남자 눈에는 이런 모습이 잘 안 보이는 게 문제입니다. 여자들 눈에는 저 여자가 작업하는 게 보이는데 남자들은 그저 여자의 밝고 명랑한 모습만 눈에 들어오고 그래서 그 여자랑 사귀어 보고 싶습니다. 여자는 이 남자 저 남자 만나보다가 돈을 제일 잘 써주고 경제적인 지원이 가능할 것 같은 남자를 선택합니다. 남자와 나이 차이가 많이 날수록 남자가 넘어 올

확률도 높고 지원금도 커지기 때문에 남자 나이가 많을수록 좋아하고 외모나 성격등은 전혀 중요하지 않습니다. 심지어 자신이 싱글이라고 하면 남자들이 경계하더라면서 유부녀인데 남편이 외국에 있다고 자기 소개를 하면서 남자를 유혹하는 여자도 있었습니다. 그런데 남자는 여자의 목적을 모를뿐더러 어렴풋이 짐작하더라도 인기녀가 자기를 선택해 주었다는 기쁨에 돈도 주고 몸도 마음도 갖다 바칩니다. 여자는 언제든지 새로운 스폰서가 생기면 이 남자를 차버릴 준비가 되어 있는데도 말이죠! 이런 맛에 길들여진 여자는 일반적인 생활은 불가능하고 불나방처럼 남자 많은 모임이나 나이 많고 돈 많은 사람을 찾아다닙니다. 모임에서 가장 흔하게 보이는 모습이고 가장 추한 모습입니다.

  네 번째, 남자와 즐기고 다니는 게 목적인 여자입니다.

  남자들이 자기를 좋아해 주는 걸 즐기고 이 남자 저 남자와 성관계를 맺는 게 일상화되어 있는 여자입니다. 사랑도 애정의 감정도 특별히 없이 그냥 끌리는 남자와 만나고 다닙니다. 모임에서 여럿 구멍동서가 생기게 되는 경우입니다. 예전에 어떤 모임에서 피아노를 잘 치는 순진한 이미지의 여자가 에이즈에 걸렸다는 소문이 있었습니다. 그 소문이 도는 순간 모임의 많은 남자들이 앞다투어 에

이즈 검사를 받았다는 웃픈 사실도 있습니다. 이런 여자는 대부분 술을 잘 마시거나 술자리를 좋아합니다. 회식 마지막까지 꼭 자리를 지키고 있고 술자리를 주도합니다. 노래도 잘하고 화끈하고 잘 노는 여자입니다. 모임 초반에는 이 여자 때문에 분위기도 잘 살고 번개도 활발하게 이루어지지만 시간이 지나 이런저런 뒷소문이 돌기 시작하고 여자가 양다리 문어다리였던 게 들통나면 남자들끼리 싸움도 일어나서 볼썽사나운 경우도 생깁니다. 이런 여자가 있는 모임은 대부분 깨지거나 끝이 좋지 않습니다.

이상 인기녀로 보이지만 모임에 꼭 있는 꽃뱀녀에 대해서 말씀드렸습니다. 이 여자들이 문제가 되는 이유는 꼬리치고 다니면서 모임이 정상적으로 흘러가지 못하게 만들어 여기저기 뒷담화가 많아지고 남자들이 여자한테 엮어서 심할 경우 소송전이 벌어지기도 하기 때문입니다. 여자와 엮인 남자들이 관계가 틀어질 경우 여자는 모임을 탈퇴하고 남자들은 모임에 나오는 것이 시들해지면서 건전한 비즈니스 모임이 초라한 시정잡배 모임처럼 변해 버리기 때문입니다. 제발 남자들이 이런 여자의 실체를 제대로 파악하시기 바랍니다. 모임에서 아는 사이라는 알리바이가 있다고 안심하고 여자와 놀러 다니다가 가정불화 일으키지 마시고 패가망신 하지 마시고,

서로 내 여자라는 둥 하면서 남자끼리 멱살 잡는 일 만들지 마시라
는 마음에서 알려드렸습니다.

사랑의 치료법은
더욱 사랑하는 것밖에는 없다

- 도로우 -

love **21**
: 남자의 성욕을 사라지게 만드는
여자의 말과 행동은?

오늘은 남자의 성욕을 사라지게 만드는 여자의 말과 행동에는 어떤 것들이 있을까 편입니다.

지구상에 존재하는 모든 암컷과 수컷은 짝을 찾아 교미를 하고 종족을 보존하도록 하는 사이클이 돌고 도는데요. 지금껏 그 순리는 이어져 내려오고 있고 계속 이어져 갈 거라고 봅니다. 유일하게 인간만이 성교육이라는 교육을 받아 육체적 쾌락을 추구하지만 동물적인 본능만이 아니라 이성으로 통제하고 질 높은 삶이 유지되게 되는데요. 보통의 관계는 사랑이라는 감정과 강한 성욕이 함께 발동합니다. 그런데 어떤 이유에서인지 자꾸 몸과 마음이 닫혀지고 예전만큼 흥분되고 떨리는 감정도 없어지고 관계가 재미없어져서 서로 권태기라고 느끼기도 하고 다른 이성에게 눈을 돌리기도 합니다. 대화를 해보아도 크게 달라지는 것도 없고 말이죠. 그럼 이제 구체적으로 관계를 재미없게 만드는 여자의 말이나 행동을 알아보겠습니다.

첫 번째, 수치심을 주는 말이나 행동입니다.

잠자리에서 잔소리를 하거나 남자 비하발언을 하고 남자가 뭔가 분위기를 잡으려 하면 면박을 주면서 "당신은 그 짓밖에 생각이 안 나?"라고 하면 남자는 하고 싶은 마음이 뚝 떨어지겠지요.

두 번째, 관계 중 남자가 사정했을 때 실망스러운 표현입니다.

남자는 한답시고 열심히 피스톤 운동하고 사정했는데 매번 여자는 "벌써 끝났어? 나는 아직 멀었는데." 하면서 남자를 구박할 때 남자는 여자가 꼴 보기 싫습니다.

세 번째, 빨리 끝내고 내려가라고 할 때입니다.

여자에게 정성스러운 애무도 해주고 싶고 여러 체위로도 하고 싶은데 여자는 귀찮은 듯이 빨리 사정하고 내려가라 할 때입니다. 정말 이럴 때는 남자들이 이 여자와 다시 하고 싶은 마음이 싹 사라진다고 합니다.

네 번째, 여자의 질에서 냄새 날 때입니다.

배우자든 연인이든 질에서 냄새가 나는 여자들이 있는데요. 관계를 하면서 냄새가 신경 쓰여 욕구가 확 사라진다고 합니다. 이런 여자 분들은 빨리 치료를 받는 게 좋을 것 같고 샤워 후에 샤워코롱이라도 살짝 몸에 뿌려 주어 냄새를 약하게 하는 게 필요합니다.

다섯 번째, 나무토막 같은 여자입니다.

남자는 죽어라 땀 뻘뻘 흘리면서 하는데 여자는 아무 느낌이 없는지 전혀 감동이 없는 표정입니다. 좋은 건지 싫은 건지 전혀 무표정일 때 욕구가 사라진다고 하네요. 여자분들 거짓이라도 좋은 척해주어야 남자는 없던 힘도 불끈 솟아납니다.

여섯 번째, 피곤하다고 매번 거부할 때입니다.

매일 즐기는 커플은 별로 없겠죠. 그런데 남자는 주기적으로 하고 싶어 하는데 피곤하니 매번 다음에 하자고 얘기하는 경우입니다. 한두 번은 이해하지만 계속 반복되면 하고 싶은 욕구가 사라지게 됩니다. 바람피우는 남자들의 변명 같은 구실이 되기도 합니다.

일곱 번째, 샤워를 하지 않고 바로 하자고 할 때입니다.

서로 분위기도 잡고 몸도 마음도 청결하게 해야 하는데, 서두는 생략하고 빨리 하자고만 할 때, 하고 싶은 마음이 싹 없어질 수 있습니다. 이도 저도 따지지 않고 격렬하게 하고 싶을 때를 제외한다면 그래도 서로 청결해야지 더 몰입하게 됩니다.

여덟 번째, 오럴을 해주는데 이빨 때문에 아플 때입니다.
여자가 남자의 성기를 입으로 애무하면서 이빨로 인해 아플 때인데요, 고통으로 인해 욕구가 사라집니다. 또 상처가 나서 치료를 받아야 할 상황이 올지도 모르니까 여자분들 남자들이 원하고 좋아한다고 해서 무턱대고 해주지 마시고 부드러운 애무 스킬을 키우셔야 합니다.

아홉 번째, 잠자리에서 다른 사람과 비교하는 겁니다.
옆집 남편은 부인한테 명품을 사줬다든지 부부가 매일 화끈하게 즐기는데 남편이 잘하기까지 한다면서 남과 비교하는 건데요. 여자도 그렇지만 남자는 특히 다른 남자와 비교당하는 것을 죽기보다 싫어하는 터라 하고 싶은 마음이 싹 달아납니다.

열 번째 키스나 스킨십을 하고 싶어도 못하게 할 때입니다.
남자는 관계할 때 키스도 하고 싶고 여기저기 만지고 싶고 한데 스킨십을 거부하는 여자들도 꽤 있습니다. 아마도 남자 입에서 나는 담배 냄새나 여자들이 원하지 않는 곳에 스킨십을 시도하기 때문일 텐데요. 계속 거부하다 보면 점점 전희란 것도 없어지고 관계가 재미없어지게 됩니다. 여자가 신경질 부리면서 못 하게 하지 말고 스킨십을 싫어하는 이유를 부드럽게 설명해 해주서야 합니다.

열한 번째, 여자의 애액 분비가 안될 때입니다.

사실 여자에게 애액이 분비가 안 되면 서로 고통스러울 텐데요. 서로 아파서 중간에 포기해버리는 경우가 생깁니다. 젤을 준비하거나 여자 스스로 흥분을 유지할 수 있는 방법을 찾아야 합니다.

열두 번째, 속궁합이 안 맞을 때입니다.

이때 남자들이 얘기하는 궁합의 핵심은 여자의 질이 커서 헐거운 느낌을 받을 때를 말합니다. 그럴 때 남자는 뭐라 말도 못하고 하고 싶은 욕구가 사라진다 하니 여자들 스스로 케겔 운동이나 쪼임 운동을 하셔야 합니다. 물론 이 부분은 여자 책임만은 아닙니다.

열세 번째, 관계 할 때 여자 아래쪽에서 방귀 소리가 나는 경우입니다.

　이런 소리가 나는 원인은 남자의 음경과 여자의 질 사이에 공간
이 없어야 하는데 여자의 질이 넓어진 관계로 공기가 들어갔다 나
왔다 하는 마찰 소리가 나게 되면서 발생하게 되는 건데요. 관계
중 바람 빠지는 소리가 나는 것은 여자에게도 굉장히 수치스러운
일일 수 있으며 남자가 관계를 기피하게 되는 원인이 될 수도 있습
니다. 여자가 훈련을 통해서 이런 현상이 발생하지 않도록 만들어
야 합니다.

　이상으로 남자가 자기 파트너에게 욕구가 없어지는 이유에 대해
서 말씀드렸는데요. 부부나 연인사이에 성 문제에 대해 터놓고 이
야기하는 것은 좋은 일입니다. 그러나 남자는 아무 노력도 없이 모
든 원인을 여자 때문이라고만 돌린다면 두 사람의 관계회복은 어려
워지겠지요. 파트너에게 실망하고 멀어지기 전에 스스로 왜 하기
싫어졌는지 곰곰이 생각할 필요가 있습니다. 남자 스스로 어떤 자
신감의 상실이나 정신적인 이유가 있을 수도 있기 때문이죠. 서로
에 대한 비난이나 포기가 아닌 '우리 함께 노력하면 좋아질 수 있다'
라는 열린 마음을 가지고 대화해야 잠시 멀어졌던 몸과 마음이 되
돌아옵니다.

　어떤 남자는 아내가 사사건건 트집 잡으면서 마음을 긁어 놓기

때문에 아내 근처에 가기도 싫다고 합니다. 여자의 신경질적인 잔소리나 불평불만은 테러리스트의 공격만큼이나 빠른 속도로 남자의 욕구를 달아나게 만든다고 하는데요. 여자 분들은 남자가 남자로서 절망을 느끼지 않도록 앞에서 제시한 열세 가지의 이유를 잘 상기하셔서 내 남자의 자신감을 회복시켜 주시기 바랍니다. 부자이거나 좋은 직업을 가지고 있거나 학식과 상관없이 성욕은 오로지 남자의 타고난 본능이기 때문입니다.

love **22**
: 갱년기 성생활이 건강에 좋은 이유 13가지

오늘은 갱년기 성생활이 건강에 좋은 이유에 대해서 말씀드려 보겠습니다. 섹스는 단지 욕구 해소 때문에 필요한 것이 아니라 신체 건강을 지켜주는 중요한 생리활동입니다. 규칙적인 성생활은 건강지수를 높이는 데 아주 좋다고 하는데요. 우리가 살아가는 세상에는 수면욕·식욕·성욕이라는 아주 중요한 욕구가 있습니다. 일정한 시간에 잠이 들어야 하고 잠이 부족하면 하루 종일 몸이 찌뿌둥하고 무겁죠. 또 매일 먹어도 또 먹고 싶고 먹어도 물리지 않는 것이 식욕이죠. 오죽하면 밥심으로 산다는 말까지 나왔겠습니까? 그리고 성욕은 인생의 활력소입니다. 나이 들었어도 왕성한 활동을 하고 자신감이 넘치는 사람들은 대부분 성기능이 유지되고 있더군요. 자, 그럼 주기적인 성생활이 우리 몸에 좋은 이유를 알아볼까요?

첫 번째, 장수합니다.

주기적으로 섹스를 하는 사람은 그렇지 않은 사람보다 약 5~10년을 더 오래 산다고 하는데요. 금욕 생활을 하는 성직자들이나 성관계 기회가 없는 독신자들의 평균 수명은 훨씬 짧다고 합니다. 인생을 재미있고 건강하게 오래 살려면 관계를 안 할 이유가 없다는 거지요. 영국의 한 의학박사가 10여 년간 연구 끝에 내린 결론은 1주일에 적어도 2번 이상 성을 즐기면 그렇지 않은 사람에 비해 1.5배 이상 오래 산다고 합니다.

두 번째, 얼굴과 몸매가 예뻐지고 피부가 좋아집니다.

정기적으로 관계를 하는 여성은 여성호르몬인 에스트로겐 분비가 활발해져 피부가 좋아지는 것으로 알려져 있는데요. 혈액 순환을 촉진시켜 피부에 산소를 공급하기 때문이라고 합니다. 또 관계를 할 때 땀을 흘리게 되면 피부 몸 안의 독소를 배출하는 효과도 있기 때문이지요.

세 번째, 남자의 전립선과 여자의 자궁질환 예방에 좋습니다.

여자가 정기적으로 관계를 하면 자궁질환이 줄어들고 자궁이 건강해지는 것으로 알려져 있는데요. 안 하면 오히려 질 내부 조직과 근육이 약화돼 세균 감염에 취약해진다고 합니다. 남자의 경우는

정액이 배출되지 않고 정체되면 전립선에 병이 생길 가능성이 높아
지므로 자위행위를 해서라도 사정을 할 경우 고환에서 1억 마리 정
도의 정자가 배출되면서 전립선 염증을 완화시킬 수 있다고 합니다.

네 번째, 자신감이 생기고 인생이 즐겁습니다.

누군가를 행복하게 해주고. 혹은 누군가로부터 행복감을 얻었다
면 양쪽 모두 매우 커다란 자신감과 삶의 활력소를 갖게 됩니다.
돈이 많거나 자식 자랑 늘어놓는 어느 누구도 부럽지 않은 거지요.
스스로 자부심이 생깁니다. 그 자신감을 보여주고 싶고 즐거움을
함께할 때 하루하루가 소중하게 느껴질 겁니다. 아무리 인생이 힘
들어도 즐겁게 섹스할 힘이 있고 할 수 있는 상대가 있으면 늘 의욕
이 생긴다고 하니 독자 분들도 갱년기라고 나이 들었다고 피하지
마시고 사랑하는 사람과 꼭 열심히 하도록 해 보세요.

다섯 번째, 정서적으로 사람을 안정시키고 우울증을 완화하는
효과가 있다고 합니다.

관계를 갖고 나면 사람을 이완시키는 부교감 신경이 자극돼 정신
적으로 안정을 찾고 숙면에도 도움이 되고 우울증을 완화시킨다는
보고서도 있는데요. 정액의 각종 좋은 성분이 여자의 질을 통해 흡

수되어 건강에 도움이 됩니다.

　여섯 번째, 남녀 모두에게 다이어트 효과가 있습니다.

　그 어떤 운동보다 칼로리 소모가 많은데요. 일반적으로 10분간 관계를 했을 때 소모되는 열량은 90칼로리 정도라 하니 등산(35kcal)이나 에어로빅(45kcal)보다 2~3배 열량 소모가 많다고 합니다, 테니스(71kcal)보다도 많은데요. 운동효과는 조깅(88kcal)이나 농구(90kcal)와 비슷하다고 하네요. 100m를 전력 질주할 때와 비슷한 운동 효과가 있어 심장을 튼튼하게 하는 효과도 있다고 합니다. 다이어트에 효과가 있는 이유는 칼로리 소모 때문이기도 하지만 쾌감에 반응하는 뇌 부위가 섭식 중추신경과 겹쳐 있어 불필요한 식욕이 억제되고 포만감을 주기 때문이라고 합니다.

　일곱 번째, 면역력이 좋아집니다.

　미국 윌크스대학 심리학 교수 브래넌 박사와 차네츠키 박사 연구팀은 주기적으로 관계를 갖는 사람에게는 감기나 독감 기타 바이러스에 대한 저항력이나 면역력이 훨씬 더 강하게 생성된다고 하는데요. 호흡기계열 질환에 훨씬 더 강한 저항력이 생긴다고 합니다.

여덟 번째, 남자의 성기능이 좋아집니다.

아무리 좋은 총도 기계도 연장도, 사용하지 않고 오래두면 녹이 슬죠. 용불용설이라고 하던가요. 나이가 들어서도 늘 닦고 조이고 기름칠하는 마음가짐으로 자신의 라이프를 즐겨야만 오래도록 좋은 성능을 유지할 수 있습니다.

아홉 번째, 혈압을 떨어뜨리는 효과가 있습니다.

주기적인 성관계는 심폐기능을 높여 혈압을 떨어뜨리며 결과적으로 심장병이나 뇌졸중의 위험을 감소시킨다고 합니다. 혈압이 높은 사람에겐 복상사의 위험도 있지만 오히려 심장병은 예방된다고 하네요. 갱년기에는 격렬한 행위보다 부드럽고 편안한 관계를 즐기시면 될 것 같습니다.

열 번째, 통증이 사라집니다.

몸살기가 있거나 머리가 아프고 어깨가 아플 때 어딘가 몸이 찌뿌둥할 때 한 번 하고 나면 통증이 어디론가 사라지는 경우를 경험한 적이 있으실 텐데요. 적어도 몰입해 있는 동안에는 통증을 못 느끼는 것이 일반적인 현상이고 이는 관계 시 분비되는 엔돌핀이 통증을 없애주기 때문이라고 합니다. 몸 구석구석 근육의 긴장을 풀어주어 휴

식상태로 돌아가게 해 주는 마사지 효과와 비슷한 거지요.

열한 번째, 숙면을 하게 됩니다.

남자는 사정을 하고난 뒤 힘이 빠지게 되고 여자는 행복감과 노곤한 기분이 드는데요. 그러다 보니 깊은 잠을 자게 되는 거죠. 이보다 더 달콤한 잠이 있을까요.

열두 번째, 스트레스가 사라집니다.

사랑하는 사람과 하는 정신적·육체적 교감은 마음속의 불안을 떨쳐버리고 마음을 편안하게 하는데요. 일상적인 스트레스를 잊게 만든다고 합니다.

열세 번째, 뼈를 튼튼하게 하는 효과가 있습니다.

미국의 생물학자 위니프래드 커플러 박사는 매주 성관계를 갖는 여성은 여성호르몬인 에스트로겐 분비도 두 배 정도 증가해 골다공증을 예방하는 효과가 있다고 발표했습니다. 에스트로겐은 칼슘 등의 흡수율을 높임으로써 골밀도 유지에 결정적인 역할을 하는 호르몬이기 때문에 폐경이 됐다고 하더라도 관계를 가짐으로써 이 호르몬이 분비될 수 있도록 하는 거지요.

이상 갱년기 성생활이 건강에 좋은 13가지 이유에 대해서 말씀드렸습니다. 단 즐기시되 식사, 사우나, 과격한 운동 후 30분 이내엔 삼가는 게 좋으며 심장의 부담을 줄이기 위해서는 여성상위 체위나 누워서 편안하게 즐길 수 있는 체위도 찾아보시기 바랍니다.

나를 좋아하는 사람은
나를 헷갈리게 하지 않는다

- 이창화 -

love **23**

∶ 오픈메리지를 아시나요?

- 결혼 제도는 없어지고 계약 커플들이 늘어나게 될까요?

오늘은 우리 사회나 미국과 유럽에서 다양한 형태로 나타나고 있는 결혼의 형태에 대해서 말씀드려 보겠습니다.

오픈메리지를 아시나요? 동거는 어떠신가요? 커플이 같이 살게 될 경우 어떤 결혼 형태이든 계약을 맺는 일은 어떻게 생각하세요?

여러분의 자녀가 독립하여 동거를 하겠다고 하면 승낙하시겠습니까? 얼마전 결별한 브래드 피트의 29세 연하 연인이 실제로는 결혼 생활 8년차이며 아들도 있는 오픈메리지형태의 결혼 생활을 하고 있는 여자인걸 아시나요? 더구나 브래드 피트에게 여자를 소개한 사람이 현 68세인 남편이었다고 하고요. 또 요즘은 나이 든 중년 부부들 중에서 결혼 생활을 종료하는 대신 새로운 결혼계약을 맺는 경우도 있다고 합니다.

모두 한 사람만 사랑하고 죽을 때까지 함께하기가 어렵다는 현실을 반영한 모습입니다만 아직까지 우리 사회가 일부일처제이고 다양한 결혼형태를 법적으로 인정하고 있지 않기 때문에 자녀출산 및 상속의 문제에 대해 확실한 기준이 없는 것도 사실입니다. 그렇지만 이제 남녀의 사랑을 법으로만 제한할 수 없다는 현실 속에서 다양한 형태의 삶의 모습이 나타나고 있는 것 같습니다.

오늘은 그 논의의 하나로 우리 사회에 나타나고 있는 다양한 형태의 결혼이 가져다줄 새로운 우리 삶의 방식에 대해 제 생각을 말씀드려 볼까 합니다.

첫 번째, 오픈메리지입니다.

이게 참 가능한 일인가 싶기도 한데요. 앞서 말씀드린 대로 서구 사회에서 이 새로운 결혼 형태가 많아지고 있습니다. 오픈메리지의 가장 큰 특징은 서로의 이성 관계를 허용하는 것입니다. 당연히 그 안에는 섹스도 포함되어 있습니다. 결혼 생활을 유지하는 상태에서 새로운 연인을 만나는 것이 허용되기 때문에 이 경우 바람을 피우는 게 아닙니다. 예전에 김주혁, 손예진 주연의 '아내가 결혼했다'라는 영화가 생각나기도 하는군요. 물론 혼인 신고는 한 사람하고만 합니다. 그런데 혼인서약은 없죠. 한 사람하고만 섹스를 해야 한다는 조항은 필요 없기 때문입니다. 연인을 만드는 것도 다시 남편에게로 돌아오는 것도, 언제든지 자유로운 제도입니다. 브래드 피트

연인의 경우를 보면 아주 나이차이가 많이 나는 사람과 결혼을 했고 남자 쪽에서 오픈메리지 계약을 작성해 준 것 같습니다. 어차피 한쪽이 다른 이성을 만날 것이라는 전제하에 결혼 생활을 시작하는 것입니다. 두 사람 사이의 결혼 유지 계약은 오로지 두 사람이 작성할 수 있습니다. 자식을 출산할 경우 상속 및 위자료 관련 문제, 어떤 형태의 이성교제까지 허용할 것인가 등등을 말이죠. 대한민국에서 이런 제도가 일상화된다면 어떤 일이 발생할까요? 오픈메리지를 합의하면 다른 이성과의 자유로운 성관계와 교제가 줄어들까요, 늘어날까요? 저는 똑같은 결과가 나올 거라고 생각합니다만. 간통죄를 폐지했다고 해서 불륜이 늘어난 것이 아니라 불륜을 처벌하는 규정만 없어졌다는게 제 생각입니다. 마찬가지로 오픈메리지 합의를 했기 때문에 다른 이성을 더 많이 사귄다기보다는 몰래몰래 하던 음성화된 행위들이 세상 밖으로 드러나게 되는 것뿐입니다. 어차피 욕망을 제어할 수 없다면 한 사람 하고만 죽을 때까지 섹스를 해야 한다는 법이 말도 안 된다고 생각하는 세상이라면 이 제도는 없어지지 않고 머지않아 우리 사회의 새로운 결혼 형태가 될 수도 있겠습니다. 오픈메리지를 인정하는 대신 자녀에 대한 부양의 의무와 가정 경제에 대한 책임 문제등을 규정한 법조항으로 만들 날이 올지도 모르겠습니다. 일주일에 며칠 이상은 외박하면 안 된다는 조항까지도요.

두 번째, 동거커플입니다.

'우리나라 국민 10명 중 6명이 동거에 찬성하고 있다'라는 통계청의 2020년 사회조사 결과발표가 있었습니다. 동거커플은 젊은 사람들 사이에서는 이미 결혼에 대한 현실적인 대안으로 많이들 선택하고 있는데요 요즘은 재혼커플 중에서도 선 동거 후 결혼을 선택하고 있는 경우가 많습니다. 동거를 시작하는 이유는 결혼식이라는 번거로운 절차와 혼인신고라는 복잡한 계약관계에 엮이기 싫어하는 사람들이 많이 선택합니다. 재혼커플의 경우 이미 결혼 경험이 있어 또다시 실패할 것에 대한 두려움과 상대를 제대로 파악한 것인지에 대한 확신 부족으로 동거를 선택하기도 합니다. 돈 있는 사람들은 혼자 살기는 싫고 재산문제로 상대와 엮이고 싶지 않아서 동거를 선택하기도 하고요. 이런 동거커플의 경우 두 사람의 합의만 있으면 언제든 끝을 낼 수 있다는 심플함이 장점이기는 하나 결혼생활의 최대 장점인 서로에 대한 책임감이나 안정된 생활을 보장할 수 없다는 치명적인 단점이 있습니다. 특히나 중년 동거커플의 경우 관계가 오래 지속되지 못하는 이유는 돈과 관련된 갈등과 파트너의 바람 때문입니다. 살아보니 사랑도 영원하지 않고 감정은 들쑥날쑥

하고 현실은 돈 때문에 아웅다웅하니까요! 다른 이성이 눈에 들어오고 서로 얽매일 것 없다는 생각 때문에 같이 사는 사람에게 죄책감도 없을 테니까요.동거커플은 헤어짐을 염두에 두고 선택한 것이기 때문에 최대한 같이 사는 동안 불협화음이 일어나지 않도록 사소한 것까지 약속을 하고 그 약속을 잘 지켜나가야 합니다. 생활비나 위자료 문제 등에 대해 합의를 했다면 공증을 받아 놓는 것도 좋습니다. 나이 차이 많이 나는 경우의 동거커플이나 한쪽의 재력이 월등한 동거커플의 경우 제대로 합의하지 않으면 헤어질 때 시끄러워질 수 있습니다. 제 생각에는 동거를 시작할 경우 동거기간을 얼마로 정할 건지 합의하는 게 좋습니다. 1년이든 2년이든 살아보고 나서 헤어질 것인지 정식 결혼을 선택할 것인지 말입니다. 그때쯤이면 콩깍지도 벗겨질 것이고 서로의 성격이나 신뢰에 대한 확인도 가능해지지 않겠습니까?

세 번째, 계약결혼입니다.

여기서 말씀드리는 계약결혼은 시몬느 드 보봐르와 사르트르의 계약결혼같은 결혼이 아니라 저는 앞으로 현대 사회에서 동거든 오픈메리지든 정상적인 결혼관계든 모두 계약결혼의 형태가 될 것이라는 것입니다. 즉 함께 사는 모든 커플은 그 형태가 어떻든지 간에 계약결혼의 관계가 될 거라는 거죠! 막연하게 '서로 노력한다'라는 말로 서약을 맺고 약속을 하는 것이 아니라 구체적이면서 또 법의 테두리 안에서 계약을 하고 결혼 생활의 형태를 결정하겠죠. 졸혼 부부들도 이혼을 하지 않는 대신 생활비와 재산 분배 등에 대한 계약을 하는 것처럼 이제 계약결혼은 일상화될 것입니다.

동거 시에도 계약을 하고 오픈메리지일 경우에도 계약을 하고 합법적인 부부도 계약을 하는 겁니다. 계약 내용은 두 사람이 처한 상황과 중요도에 따라서 달라질 것이고 꼭 공증을 해야 효력발생이 되기 때문에 이와 관련한 토론회나 법제정, 변호사들의 업무가 바빠지겠네요. 10년 안에 계약결혼은 우리 사회의 화두로 떠오를 거라고 생각합니다. 이렇게나 많은 불륜 커플이 존재하고 돈 문제로 부부 사이 부모 자식 사이 갈등이 끊이지 않는다면 말이죠.

이상 다양한 커플의 결합 형태와 계약결혼에 대해 말씀드렸습니다. 법이 현실을 못 따라 온다고 하죠? 얼굴도 모르는 8촌 이내 결혼 금지 조항이 아직까지 있으니까요. 그렇지만 또 언젠가는 현실을 반영할 수밖에 없는 게 제도입니다. 결혼 제도의 보완과 함께 시급한 건 미혼·비혼·동거의 상태에서 출생한 아이들을 우리 사회가 어떻게 끌어안아 주느냐의 문제라고 저는 생각하고 있습니다.

앞으로 삶과 결혼의 다양한 형태와 그로 인해 나타나는 결과들에 대해 행복의 질을 높일 수 있는 사회적 합의를 도출해 내었으면 하는게 제 바람입니다.

love **24**
: 남자도 이럴 땐 혼자 살고 싶다

오늘 제가 여러분들과 나누고 싶은 얘기는요. '남자도 이럴 땐 혼자 살고 싶다' 편입니다.

결혼한 사람들 중에 이혼 생각을 안 해 본 부부들이 얼마나 될까요? 또 재혼하신 분들 중에 싱글생활이 그리운 분들은 없을까요? 많은 사람들이 결혼한 걸 후회도 하고 싫증도 내지만 참고 삽니다. 이혼도 생각해 봤지만 이혼이 어디 쉬운 일인가요? 용기도 없고 자신도 없습니다. 또 한편으로 못난 남편과 살아준 것에 대해 부인에 대한 측은지심도 있고 미안한 마음도 있습니다. 그렇지만 이혼까지는 아니라고 하더라도 혼자 살아보고 싶습니다. 가장이라는 굴레에서 벗어나고 싶고 지긋지긋한 잔소리도 듣기 싫습니다. 때로 집이 감옥 같다는 느낌이 들 때도 있습니다. 기르는 강아지보다도 남편이 우선 순위에서 밀린다는 말을 들으면 서글퍼지고 내가 왜 이렇게 살아야 하나 싶습니다. 싱글라이프를 즐기면서 사는 지인이 부럽기도 합니다. 주말부부에게 삼대가 복을 받았다고 얘기하는 심정이 어디 여자들 만이겠습니까? 자, 그럼 언제 남자가 혼자 살고 싶고 집에서 도망치고 싶은지 우리 한번 알아볼까요?

첫 번째, 아직도 집에 있는 것보다 노는 게 더 좋고 이 여자 저 여자 만나고 다니고 싶을 때입니다.

세상엔 놀 것도 많고 유혹하고 유혹 당하고 싶은 여자가 너무 많은데 눈치 보랴 부인에게 들키면 죽네 사네 싸우고 싹싹 빌어야 하는 상황이 싫어 혼자 살고 싶은 남자입니다. 자신의 남성성이 아직도 왕성하다고 생각하는 남자들에게 많이 나타나는 증상인데요. 바람 피우는 일이 쉽습니까? 핸드폰 신경 써야지 옷에 립스틱이나 머리카락이라도 묻었는지 확인해야지 팬티 뒤집어 입지나 않았는지 눈치 봐야지 그 어렵고 귀찮은 일을 하려다보니 혼자 살면서 이 여자 저 여자와 즐기고 다니는 싱글들이 부럽기만 합니다. 코로나 때문에 모텔 가는 것도 찝찝한데 혼자 사는 집에서 편안한 마음으로 여자와 즐기고 싶습니다. 꼭 여자 때문이 아니라고 해도 친구 좋아하고 술먹는 거 좋아하는데 아쉽게 먼저 일어나야 합니다. 결혼을 일찍 했거나 그동안 일에 치여 제대로 놀아보지 못하고 나이만 들어버린 현실이 억울한 남자도 혼자 살면서 맘껏 즐기고 싶은 마음을 가지고 있습니다.

　두 번째, 하고 싶은 취미가 많은 남자입니다.

　아무리 같이 하자고 해도 부인은 싫답니다. 취미 생활은 장비가 필요하고 밖으로 나가야만 합니다. 자전거를 타거나 배드민턴을 치더라도 말이죠. 경우에 따라서는 굉장히 비싼 장비가 필요하기도 합니다. 또 낚시 같은 경우 며칠씩 집을 떠나 있어야 하기도 하고요. 그때마다 몰래 장비를 사고 외박을 하네 못 하네 싸움이 일어나고 부인은 절대 같이 할 마음이 없을 때 혼자 살면서 하고 싶은 거 맘껏 해보는 게 소원일 수도 있습니다. 삶의 낙이 취미 생활이고 내 돈 내가 벌어 맘껏 나를 위해 써보고 즐기고 싶은 남자 유형입니다.

　세 번째, 사업에 실패했거나 돈에 궁핍할 때입니다.

　혼자 쓸 돈도 없는데 생활비까지 주어야 하니 매일 다툼이 끊이질 않습니다. 제발 가장이라는 굴레에서 벗어나 나 혼자 입고 먹고 자는 걱정만 했으면 좋겠습니다. 정년퇴직 했다고 사업에 실패 했다고 위로와 격려는커녕 돈 벌어오라고 닦달만 하는 부인도 싫고 자기를 돈 벌어 오는 기계쯤으로 여기는 가족들도 모두 떠나 혼자 살고 싶습니다. 아마 '나는 자연인이다'라는 프로가 8년 이상 인기를 끌고 있는 이유이기도 할 겁니다. 남자들의 로망이 나는 자연인이 다에 나오는 남자들처럼 살아보는 거라네요.

 네 번째, 로또를 맞은 것처럼 갑자기 돈을 많이 벌게 된 경우입니다.
 세 번째의 경우와 반대 케이스입니다.
 사업이 너무나 잘됩니다. 몇 년째 묵혀 두었던 주식에서 대박이 났습니다. 돈이 많아졌습니다. 그런데 부인과 그 돈을 나누어 쓰고 싶지 않습니다. 돈 없을 때 그렇게 구박하더니 돈 벌었다고 갑자기 태도가 달라진 부인이 밉습니다. 통장도 뺏기기 싫고 혼자 원 없이 돈 써보고 돈 냄새만 풍기면 줄줄이 따라오는 젊고 섹시한 여자 만나 실컷 연애해보고 싶습니다. 돈 없어서 못했던 거 다 해보려면 혼자 살아야 합니다. 하루라도 황제처럼 살고 싶습니다. 남자들이 꿈속에서라도 해보고 싶은 희망사항일지도 모릅니다.

 다섯 번째, 발기력이 예전 같지 않고 성욕이 사라졌을 때입니다.
 혼자 살면 하자고 보채는 사람도 없고 눈치 볼 일도 없습니다. 부인의 샤워 소리가 들리면 딴 방에 가서 잘 필요도 없습니다. 세상 편합니다. 굳이 스킨십도 성관계도 필요 없는데 한물간 남자라고

구박받으면서 살기 싫습니다. 드르렁드르렁 코골면서 혼자 자는 게
더 편합니다.

여섯 번째, 혼자 사는 생활에 자신 있을 때입니다.

요즘은 여자보다 요리 잘하는 남자들도 많습니다. 넘쳐나는 일인
식과 간편식에 혼자 살아도 먹는 것에 불편 할 일이 없습니다. 먹는
것뿐만 아니라 집안일도 내가 더 잘하고 혼자 있으면 어지럽힐 사
람도 없고 가족들과 다른 나만의 일정한 생활 패턴이 있는데다가
그 생활에 만족하는 남자입니다.

일곱 번째, 같이 살아도 아무 대접도 못 받고 가족 간 대화도 없
고 혼자 밥 먹는 경우가 많을 때 왜 이렇게 사나 싶습니다.

들어오는지 나가는지 관심 가져 주는 사람도 없고 대화는커녕 얼
굴만 마주치면 잔소리밖에 들을 게 없고 식탁에는 새로운 반찬 하나
올라오는 게 없을 때 이렇게 살 바에는 아무 기대하고 의지할 사람
없이 차라리 혼자 지내는 게 더 행복하다고 생각하는 남자입니다.

여덟 번째, 아내의 바람을 알았을 때 용서는 어렵고 이혼은 싫어
서 혼자 살고 싶습니다.

아내가 바람을 피운 것을 알게 되었습니다. 상간남을 만나서 다시 안 만나겠다고 각서도 받았지만 부인을 용서할 수는 없습니다. 자식들 때문에 이혼 결정도 쉽지 않지만 아내 얼굴만 보면 화가 나고 분노가 치밀어 오릅니다. 한집에 같이 있기는 더더욱 싫습니다. 차라리 시간이 흘러 이 사건에 대한 기억이 희미해질 때까지 혼자 살고 싶습니다.

아홉 번째, 혼자 살고 싶은 가장 흔한 이유라서 제일 마지막에 넣었습니다. 아내의 바가지가 징글징글합니다.

'늦게 들어오지 마라, 술 먹고 운전하지 마라, 양말 제대로 벗어서 세탁기에 넣어라, 밥을 흘리지 말고 먹어라' 등 눈 뜨고 집에 있는 모든 순간에 아내는 잔소리를 합니다. 밖에 나가 일할 때는 그럭저럭 무시하면서 참고 지내왔는데 정년퇴직이다, 재택근무다 해서 집에 있는 시간이 많은 지금 아내의 잔소리는 남자 귀의 한계치를 초과하고야 말았습니다. 말을 안 듣고 대꾸를 안 하면 왜 대꾸를 안 하냐면서 또 잔소리가 시작됩니다. 죽을 때까지 지겨운 잔소리를 들어야 하는 남자 입장에서는 하루라도 잔소리 없는 세상에서 혼자 조용히 살고 싶습니다.

이상 '남자도 이럴 땐 혼자 살고 싶다' 편이었습니다.

남자분들, 공감하시나요? 여자분들, '내 남자가 이런 마음이 있구나'라고 이해되시나요? 일반적으로 남자는 여자보다 혼자 지내는 시간이 많지 않습니다. 여자보다 더 사회성이 발달해 있기 때문인데요. 하지만 앞서 말씀드린 이유들로 남자도 때론 혼자 살고 싶은 순간이 있습니다. 예전 김수현 작가의 드라마에서 '결혼 휴가'라는 대사를 들은 적이 있습니다. 평생 소년의 감성을 가지고 있는 세상의 모든 남자에게 가장이라는 굴레를 벗어버리고 오로지 자신을 위한 시간을 써볼 수 있도록 남자에게도 잠시 결혼 휴가를 줘 보시는 건 어떨까요?

사랑은 외로운 두 영혼이 만나서
서로를 지켜주고 또 함께
기쁨을 나누는 과정이다

- 릴케 -

love **25**
: 정말 그렇게 불륜커플이 차고도 넘치나요?

　잘들 지내고 계신가요? 오늘 제가 드리고 싶은 얘기는요. 불륜에 관해서입니다. 여기서 말하는 것은 단순한 바람이 아닌 성관계까지 간 사이를 말합니다. 외도가 이젠 너무 흔한 일상처럼 돼 버렸나요? 불륜 중이거나 경험을 해본 사람이 안 해 본 사람보다 더 많은 지경이 돼 버렸습니다. 자신이 경험했거나 당한 케이스까지 모두 합한다면 거의 대부분의 사람들이 해당될지도 모르겠습니다. 요즘은 이것도 사랑이라고 외치고 외식도 해야 한다면서 정당화하고 간통죄 폐지로 법적 규제도 받지 않습니다. 분명 가해자와 피해자가 존재하고 당한 사람의 상처는 영원한데도 말이죠.

　그래서 이번 편에서는 외도에 대한 남녀 성향의 차이와 대상, 외도를 하는 이유, 들키고 나서 나타나는 반응, 배우자나 연인의 외도를 알게 되었을 때 취하는 행동 등에 대해 조사해본 결과를 말씀드리겠습니다. 경험을 하신 분들이나 현재 진행 중이신 분들은 내가 어떤 경우에 해당되는지 살펴보시고 배우자나 연인이 외도를 했다면 어떤 경우였는지 떠올려 보세요.

남편이 외도를 해서 사네 못 사네 한참을 냉전관계였던 제 지인이 어이없어하면서 해준 얘기가 '바람피면 죽는다'라는 드라마를 같이 보는데 이 여자 저 여자랑 바람피우는 변호사 직업을 가진 남자를 남편이 쓰레기라고 엄청 욕하더랍니다. 자기 남편이 바람 피운 여자가 한둘이 아닌 걸 아는데 어쩜 저렇게 다른 사람 바람에는 욕을 해대는지 기가 차더랍니다. 우리 모두 내로남불 인생인가 보다 하면서 같이 허탈해했습니다.

그래서 도대체 우리들이 가지고 있는 외도에 대한 인식과 현실이 어느 정도인지 제가 조사를 해봤더니 일단 남녀의 성향 차이가 확연히 드러났습니다. 외도를 직접 경험한 것을 묻는 질문에서는 남자 50% 이상이 직접 경험이 있다고 답했고요. 여자는 30% 이상이 있다고 답했네요. 상대 나이는 비슷한 경우가 많았는데요 흥미로운 점은 남자는 나이 차이가 많이 나는 어린 여자와, 여자는 오히려 연상의 남자와 외도를 했다고 답한 경우도 그에 못지않게 많았습니다.

어디서 불륜이 시작되었는가라는 질문에 첫 번째, SNS나 온라인 대화방을 통해서 만나는 경우가 25%였고요. 두 번째, 각종 모임·동호회등에서 만난 커플이 20%, 세 번째, 오래 알고지낸 이성관계가

17%, 네 번째, 직장이나 비즈니스 관계를 통해 만난 사람이 15%, 다섯 번째, 주위 사람의 소개로 만난 사람이 13%, 기타 업소나 스폰 관계로 만난 사람이 10%랍니다.

이때 특징적인 건 세 번째, 오래 알고 지낸 이성과 외도를 한 경우입니다. 이 경우 대부분 성관계한 것을 후회하거나 흐지부지 관계가 끝나버려 시작을 안 하는게 좋았다고 하더군요. 오래 알고 지내면서도 그동안 아무 일도 없었다면 서로에게 성적인 끌림이 별로 없었다는 얘기인데 술이나 순간의 감정으로 사고를 친 후에 둘 사이가 어색해져 버렸고 성적인 끌림도 더 생기지 않았다는 거죠. 사람은 본능적으로 만나자마자 성적으로 끌리는 대상이 있다고 하던데 이 경우는 순간의 감정을 통제하지 못한 실수였기 때문일까요?

그럼 외도 상대와의 나이차는 어느 정도 일까요?

첫 번째, 자신과 비슷한 연배인데요 평균적으로 세 살 차이 정도가 제일 많다고 합니다. 어차피 같이 살 사람도 아닌데 비슷한 나이대가 공감대도 빨리 형성되고 만남의 기회도 많아서가 아닐까 싶어요. 45%나 나왔네요.

두 번째, 여자는 남자와의 나이 차이를 적어도 5년 이상에서 10년 연상을 좋아한다고 합니다. 남자는 자기보다 한참 어린 여자를 좋아 하다 보니 비슷한 통계가 나온 거겠죠! 여자 입장에서는 나이

차이가 많이 나야 남자가 여자 환심을 사려고 돈을 잘 써줄 것이고 남자 입장에서는 젊고 싱싱한 여자의 몸을 그리워하다 보니 그런 것 같습니다. 어차피 끝까지 갈 상대가 아니니까요. 34%입니다.

세 번째, '나이차이는 별로 상관없다'가 18%입니다.

네 번째, 기타는 미성년자 등 아주 질이 나쁜 사람들입니다. 3% 정도로 나왔네요. 위의 모든 게 정확한 수치는 아니지만 평균적으로 나타나는 모습입니다.

또 외도를 저지르게 된 이유는 무엇일까요?라는 질문에

첫 번째, 다른 이유가 뭐 있겠습니까? '색다른 성적욕구 충족을 위해서'라는 답변이 43%였습니다.

두 번째, 배우자나 연인에게 느낀 외로움 때문에 눈을 돌렸답니다. 21%.

세 번째, 남들도 다 하는데 나도 해보고 싶다는 호기심에 저지른 케이스입니다. 18%.

네 번째, 배우자에게 싫증이 났거나 섹스리스 때문입니다. 10%.

다섯 번째, 새로운 사람에게 진정한 사랑을 느꼈답니다. 8%.

여기서 세 번째, '남들도 다 하는데 나만 못하면 바보 아닌가'라는 생각들을 많이 한다는데 저는 놀랐습니다. 외도에도 군중심리가 적용되는 건가 봅니다. 배우자나 연인과 사이도 좋은데 말입니다.

그럼 외도 '상대와의 섹스가 배우자나 연인과 다른 점은 무엇일까요'라는 질문에 대한 답입니다.

첫 번째, 무엇보다 '비밀스럽고 해서는 안 된다고 생각하면 할수록 더 흥분되는 것 같다'입니다. 금지된 사랑이 본능을 더 자극시키는 모양입니다. 40%입니다.

두 번째, '말도 잘 통하고 나를 설레게 하고 일상의 활력소가 되어준다'입니다. 20%.

세 번째, 경험해보지 못한 새로운 테크닉에 빠져들었답니다. 재미없는 부부 관계보다 새로운 사람과 색다른 장소에서의 경험은 있는 기술 없는 기술 발휘하게 만들겠죠? 욕망을 충족시키기 위해서 만나는 것일 테니까 최선을 다할 테고요! 평소 성관계를 많이 못 해본 사람들 중 신세계를 경험했다고 대답한 응답자가 많았습니다. 16%.

네 번째, '배우자와 별반 다르지 않다'입니다. 그럼 도대체 왜 하는지 모르겠네요. 정말 집밥 말고 외식 차원인 가요? 13%입니다.

다섯 번째, '죄책감 때문에 오히려 잘 되지도 않더라'입니다. 이런 경우 외도가 길게 갈 수는 없고 단발에 그치겠네요. 11%.

또 '배우자나 연인에게 외도를 들켰다면 어떻게 하시겠습니까?'라는 질문에는,

첫 번째, 단지 성욕해소를 위한 수단일 뿐이었다. 무조건 싹싹 빌고 단칼에 헤어진다 입니다. 52%.

두 번째, '불륜도 사랑이다, 가정을 버릴 수도 있다'입니다. 29%.

29%면 제 생각보다 많은 분들이 외도 대상을 선택하고 가정을 포기 할 수 있다는 마음이네요.

세 번째, '둘 다 포기할 수 없다. 결혼 생활과 함께 지속할 것이다. 현재 외도 상대와 헤어지더라도 다른 이성과 바람을 피우겠다'입니다. 8%. 이 경우는 가장 지속적이고 가장 끊기 어려운 유형입니다. 이런 분의 배우자나 연인은 평생 마음고생 각오하셔야 할 것 같습니다.

네 번째, 아이가 있다면 가정으로 돌아간다. 7%.

다섯 번째, '잘 모르겠다'입니다. '들킨 대상과는 헤어지겠지만 다시 바람을 피우지 않을 자신은 없다'입니다. 4%.

마지막으로 배우자나 연인의 외도를 알았다면 그 대처법은요?

첫 번째, 다시는 그런 일이 없도록 야단치고 다그치지만 헤어지지는 않는다. 33%입니다.

두 번째, 가정의 평화를 위해 한 번은 눈 감아 줄 수 있다입니다. 18%.

세 번째, '나도 맞바람으로 대응한다'입니다. 17프로.

네 번째, '무조건 이혼한다'입니다. 16프로.

다섯 번째, 상황에 따라 선택한다. '외도를 저지른 두 사람이 사랑이면 헤어지고 엔조이면 용서해 줄 수도 있다'입니다. 16프로.

50%가 넘는 사람들이 극단적인 선택보다는 융통성을 택했네요.

이상 불륜커플에 대한 유형과 이유 대처법에 대해서 알아보았습니다. 경험하신 분들. 당하신 분들. 여러분들은 어디에 해당되시던가요? 나만 그런 게 아니라서 위안이 되시나요? 안 들키도록 조심해야지 싶으신가요? 그래서 삶이 더 행복해지고 즐거우신가요? 이런 현실이라면 결혼제도는 의미가 없다라고 생각되시나요? 오로지 인간만이 교육을 통해 이성이 발달하고 욕망을 통제할 수 있다는 사실에 동의하시나요? 우리 사회가 같이 고민하고 토론하고 행복한 부부생활에 대한 대안들을 제시해야 될 때인 것 같습니다.

love **26**

**: 남자들은 잘 모르는 여자를
홍분시키는 남자의 신체 부위는?**

오늘은 여자를 홍분시키는 남자의 신체 부위를 한번 알아보겠습니다. 남자분들은 워낙 자신의 성기와 발기력만 신경 쓰느라 여자들이 남자의 신체 부위 어디를 좋아하고 어떤 남자의 몸을 보면서 홍분하는지 별로 생각 안 해보셨죠? 막연하게만 알고들 계시더라고요. 그런데 여자에게도 남자의 몸 중에서 섹스어필되고 홍분되는 부위가 있습니다. 남자들이 여자를 처음 볼 때 10초 만에 전신을 스캔한다고 하죠. 여자들도 처음 보는 남자를 훑어봅니다. 그리고 자기가 좋아하는 신체 구조를 가진 남자를 보면 급 호감을 느낍니다. 자꾸 그쪽으로 눈길이 가기도 하고요. '만져보고 싶다, 자보고 싶다'라고 생각되기도 하고요. 엉덩이가 탄탄한 남자일까요? 말근육 같은 허벅지를 가진 남자일까요? 자, 남자분들. 여자들이 남자의 신체 부위 어디에 꽂히는지, 어떤 순서대로 좋아하는지 잘 들어보시고 자신의 몸을 생각해 보세요. 아시죠? 장점은 살리고 단점은

꽁꽁 숨기고~

첫 번째, 남자의 외모에 꽂히는 여자입니다.

남자와의 잠자리보다는 로맨스를 꿈꾸는 여자들입니다. 이 경우는 조각 같은 외모라던가 잘생겼다라던가 하는 외모를 말하는게 아니고요 자신이 좋아하는 분위기의 외모를 가진 남자를 말합니다. 남자들이 무조건 예쁜 여자를 좋아하는 것하고는 좀 다릅니다. 샌님 같으면서 지적인 분위기를 좋아하는 여자도 있고 선이 굵은 이미지를 좋아하는 여자도 있고 편안한 분위기를 가진 남자에게만 눈길이 가는 여자도 있습니다. 이런 여자들의 특징은 남자와의 섹스에 큰 비중을 두지 않습니다. 이런 남자를 발견했다면 여자는 이 남자와 말이 잘 통하는지를 확인합니다. 조곤조곤 대화할 수 있는 상대, 로맨스를 꿈꾸는 여자들입니다.

두 번째, 부자 티가 줄줄 흐르는 남자를 좋아하는 여자입니다.

의외로 남자가 걸치고 있는 것들에 관심 있어 하는 여자들 많습니다. 남자가 타고 다니는 차나 시계, 파우치, 신발의 브랜드가 중요합니다. 명품이 남자의 분위기와 잘 어울리는지 여부와는 상관없습니다. 부티만 흐르면 됩니다. 여자가 돈이 좀 있거나 남자의 사회적

위치를 중요시하는 여자에게 나타나는 특징입니다. 자기와 수준이 맞아야 한다거나 자기를 레벨업시켜 줄 수 있는 남자를 선호하는 겁니다. 돈 냄새가 풍기지 않으면 상대하기도 싫어합니다. 그런데 의외로 이런 여자들이 사기성 있는 남자들에게 잘 넘어갑니다. 정작 돈 많은 남자들은 돈 냄새 풍기거나 옷차림에 별로 신경 안 쓰거든요. 명품으로 쫙 빼입은 남자치고 돈 많은 남자 별로 못봤습니다만 일단 여자들은 있어 보이는 남자에게 눈길이 가는 모양입니다. 이런 여자들은 짝퉁도 바로 알아챕니다.

세 번째, 외모 필요 없습니다. 돈 잘 써주는 남자 좋아하는 여자입니다. 성격이 이상해도 외모가 자기 타입이 아니어도 척척 지갑 잘 열고 돈 잘 써주는 남자 옆에만 앉으려는 여자도 많습니다. 남자가 자기를 선택해 주기를 바라고 남자의 경제적 지원을 바라며 쉽게 팬티를 벗을 수 있는 여자 유형입니다. 이런 여자들은 남자에게 스킨십도 적극적이기 때문에 돈 좀 쓰는 남자 입장에서는 다루기 쉬운 상대이기도 하지만 잘못 걸리면 돈만 뜯기고 별 재미도 못보고 끝나는 경우도 많습니다.

네 번째, 엉덩이 핏이 중요한 여자입니다. 남자 바지 뒤태를 많이 봅니다.

여자들이 남자 얼굴 다음으로 많이 보는 곳이 엉덩이 핏입니다. 남자들이 여자 엉덩이 많이들 보시는 것처럼요. 여자들에게 가장 섹스어필하는 부위입니다. 탄력 있어 보이고 엉덩이 빵빵한 남자만 보면 만져보고 싶고 사귀어 보고 싶다는 여자들도 많으니까요. 여자들끼리 하는 웃기는 말 중에 엉덩이 사이에 바지가 끼는 남자를 보면 남자의 벗은 몸이 궁금해 진다고 합니다. 남자의 몸이 탄탄하게 균형 잡혀 있을 거라는 상상을 하는가 봅니다. 남자들은 여자처럼 치마를 입거나 해서 엉덩이를 커버 할 수 없으니 오늘부터 열심히 힙업 운동 하셔야 겠네요.

다섯 번째, 손이 예쁘고 피부가 매끄러운 남자를 좋아하는 여자입니다.

일반적으로 손이 매끄럽고 예쁜 남자가 피부가 부드럽습니다. 여자들은 이런 남자의 손을 보면 고급스러움을 느끼고 부드러운 피부 촉감을 느끼면 살을 맞대고 싶다는 충동도 느낍니다. 이 남자는 성격도 부드러울 것이라는 생각도 합니다. 그런데 조심하셔야 합니다 여자분들. 피부 하얗고 가늘고 간 손을 가진 남자들이 다정다감한 성향이 많은 것은 사실이지만 그중에 변태적인 성향을 가졌거나 성기능이 약한 경우도 있으니까 말이죠.

여섯 번째, 팔 근육이나 허벅지 근육 등 근육이 탄탄한 남자를 좋아하는 여자입니다.

섹스를 좋아하고 즐기고 잘할 것 같은 남자를 좋아하는 여자입니다. 당연히 근육이 발달한 남자는 옷을 입어도 태가 나고 보기도 좋습니다만 그런데 유독 이런 남자에게만 꽂히는 여자는 엔조이할 남자를 찾는 경우입니다. 그런데 잘할 거라는 상상을 하고 잠자리를 했는데 의외로 실망했다는 경우도 많더군요. 미리 확인해 볼 수도 물어볼 수도 없으니 성을 즐기는 여성분들 잘 판단하셔야 합니다.

일곱 번째, 말 잘하고 재미있는 남자를 좋아하는 여자입니다.

스스로 재미없고 무뚝뚝하다고 생각하는 여자들이 이런 유형의 남자를 좋아합니다만 의외로 재미있는 남자가 성격이 다정다감한 남자는 아닐 수도 있습니다. 개그맨들이 집에 가서는 한마디도 하지 않는다는 경우도 많은 것처럼 만인 앞에서 재미있다고 해서 내 여자에게도 재롱을 떨고 자상하고 잘 챙겨줄 거라고 착각해서는 안 됩니다. 그리고 자칫하면 남자가 가벼워 보이고 경박해 보일 수 있습니다. 유머 감각도 있고 완급 조절도 잘하고 깊이가 있는 남자를 여자들은 좋아하는 겁니다.

여덟 번째, 키 큰 남자를 좋아하는 여자입니다.

남자들에게 키 큰 남자는 부러움의 대상이죠. 나 혼자 산다에 나오는 기안84라는 웹툰 작가가 자기가 제일 자신 있는 건 '181센티의 키'라고 얘기하더군요. 그런데 제가 키 큰 남자를 여자들이 좋아하는 신체 부위 맨 마지막에 넣은 이유를 짐작하시겠습니까? 여자들은 무조건 키 큰 남자를 선호할까요? 남자분들, 생각보다 여자들은 남자 키를 그렇게 많이 보지 않습니다. 적당히 어느 선 이상만 되면 상관없다거나 키는 아예 중요하지 않다는 여자들도 많습니다. 저도 남자 키를 별로 중요하게 생각하지 않습니다. 남자 키가 굉장히 커야 한다고 생각하는 여자들은 평소 본인이 키 때문에 콤플렉스가 있는 경우입니다. 너무 작거나 너무 크거나요. 키는 관리한다고 되는 게 아니고 여자들도 생각보다 그렇게 중요하게 생각하지 않으니까 키 작은 남자 분들도 자신감 잃지 마시고 좋은 체격을 유지하도록 노력하는 게 더 현실적이겠네요.

이상 여자를 흥분시키는 남자의 신체 부위에 대해서 말씀드렸습니다. 서두에 말씀드렸듯이 모든 걸 갖춘 남자도 여자도 없습니다.

또 취향도 모두 다르고요. 또 처음에는 여자가 남자의 어떤 신체 부위에 꽂혔다 해도 사귀어보니 실망할 수도 있고 이상형이 아니었다 해도 연인이 되는 경우는 얼마든지 많습니다. 참고만 하시면 됩니다. 만인의 남자가 될 생각이 아니시라면 말이죠.

우리는 오직 사랑을 함으로써
그 사랑을 배울 수 있다

- 아이리스 머독 -

love **27**

: 이럴 때 미치도록 연애하고 싶다

- 중년도 뜨거워지고 싶을 때는 언제?

    오늘 제가 여러분들과 나누고 싶은 얘기는요. '나이가 들었어도 미치도록 연애하고 싶은 순간은 언제인가요'입니다. 남자와 여자가 연애를 하다가 헤어졌을 때 순간 홀가분하죠. 그동안 하고 싶은 것도 많았는데 상대가 싫어해서 못 했던 것들을 할 수 있고 숨기고 싶은 사실들을 들킬까 봐 핸드폰 비번 자꾸 바꿀 필요도 없고 이것저것 신경 안 써서 좋다가도 다시 연애하고 싶은 순간이 찾아옵니다. 분명 연애할 때 속 시끄러운 일도 많았고 헤어지네 마네 울고불고 할 일도 많았고 애인 없는 지금이 몸도 마음도 편하건만 내 몸의 연애세포가 아직도 살아 있는 것인지 연애하고 싶어집니다. 특히 항상 연애 중이었던 사람은 싱글로 지내는 시간이 별로 없더군요. 그럼 사람들이 미치도록 연애하고 싶은 순간은 언제인지 한번 살펴볼까요?

첫 번째, 연애하면서 행복에 겨워하는 지인이나 주변에서 애인 자랑할 때입니다.

나보다도 못생기고 매력도 없는 친구인데 어느 날 깔끔해져서 나타났습니다. 항상 후줄근했던 친구인데 말끔한 옷차림에 십 년은 나보다 더 젊어 보입니다. 이유를 물었더니 애인이 생겼답니다. 온몸에서 생기가 넘쳐흐르고 입가에 미소가 떠나질 않습니다. 심지어 소개시켜 주겠다며 애인을 불렀는데 너무 근사합니다. 어디서 저런 애인을 만났는지 부럽기만 합니다. 둘이 옆에 앉아서 닭살 행동을 서슴지 않습니다. 나이 들어 주책이라고 욕해주지만 속으로는 너무나 부럽습니다. 옆에서 투닥거리는 사랑싸움조차 행복해 보입니다. 만나면 애인이 어쩌고저쩌고 온통 애인 얘기뿐입니다. 연애하면서 밝아지고 삶의 활력이 도는 친구를 보면 나도 저런 애인 한 명 있었으면 좋겠습니다. 연애할 때 그렇게 지겨웠던 구속과 잔소리가 그리워집니다. 가슴 설레었던게 언제인지 기억도 안 납니다. 친구와 헤어져 집에 돌아오는 길에 나도 미치도록 연애하고 싶다고 혼자 말해봅니다.

두 번째, SNS나 전화벨이 하루 종일 조용할 때입니다.

하루 종일 있어도 광고문자·스팸문자 빼고는 핸드폰이 조용하고 안부 하나 물어오는 전화 없을 때 애인이 없다는 사실이 서글퍼집니다. 특히나 요즘처럼 밖에 나가기도 무서운 상황에서 같이 밥 먹어줄 상대도 없고 톡할 곳도 없을 때 누군가 내 옆에 있어 줬으면 좋겠고 내 안부를 궁금해하는 사람이 있었으면 좋겠습니다. 연애를 하면 이 지긋지긋한 외로움에서 벗어날 수 있을 텐데 남들은 그렇게 자주 애인도 바꾸고 연애도 쉽게 하는데 나는 왜 연애를 못할까요. 왕따 아닌 왕따가 된 느낌까지 듭니다. 하루 종일 울리지 않는 핸드폰을 바라보며 전화기가 뜨거워질 때까지 통화하고 싶고 미치도록 연애하고 싶습니다.

세 번째, 밤이 너무 깁니다. 로맨스 드라마나 성인 영화를 보고 있다가 몸이 뜨거워져도 핸드플레이 말고는 해결 방법이 없습니다. 낮에 바쁘게 일을 하고 정신없이 지내다가 집에 와서 문득 TV를 켰는데 야한 영화나 애절한 사랑 얘기가 나오면 나도 모르게 찔끔 눈물이 납니다. 침대 옆을 더듬어 봐도 휑한 빈자리뿐입니다.

연애를 하고 있다면 애인하고 밤새 영화도 보고 사랑도 나누고 몸에서 땀띠 나도록 껴안고 있을 텐데 말이죠! 야한 꿈이라도 꾸는 날에는 깨어나면 그렇게 허무할 수가 없습니다. 애인이 있다면 몸이 뜨거워졌을 때 아무 때라도 자다가도 한번 시원하게 몸을 풀어

볼 텐데 말입니다. 혼자인 밤이 싫어 미치도록 연애하고 싶습니다.

네 번째, 애인이나 배우자가 있는데 꼴도 보기 싫어질 때입니다.

부부나 연인들이 싸우고 나서 서로 한 발만 양보해도 될 것을 일주일이 넘도록 말을 안 하거나 찬바람이 쌩쌩 불 때, 싸움도 하루이틀이지 얼굴만 보면 으르렁대고 나가는지 들어오는지 관심조차 없고 투명인간처럼 대할 때 외로움을 느낍니다. 권태기인지 싫증난 건지 모르겠지만 정나미가 떨어져 같이 있기도 싫은 마음에 다른 이성과 연애하고 싶습니다. 차라리 연애를 한다면 미안한 마음에서라도 애인이나 배우자에게 잘해주려는 마음이 생길 테니까요! 현실도피를 위해서 연애에 빠지고 싶은 유형입니다.

다섯 번째, 자신에 대한 존재감을 확인하고 싶습니다.

나이가 들어가니 내가 남자인지 여자인지 성 정체성도 모호해지고 그저 아저씨 아줌마 취급만 받습니다. '나이가 들어서도 성욕이 있어요?'라는 깜짝 놀라는 댓글을 보면서 상처받습니다. 나이가 들면 여자도 남자도 아닌 중년과 노년이라는 구분만 남는 것 같습니다. 70이 되어도 80이 되어도 예쁘다는 말을 듣고 멋있다는 칭찬을 받으면 기분이 좋아지는데 말입니다. 영원히 남자이고 싶고 여자로 인정받고 싶습니다. 방법은 연애하는 수밖에 없습니다. 나이와 들었어도 나를 꾸미고 섹스를 즐기고 싶습니다. 내 연인에게는 나는 언제나 남자이고 여자이기 때문입니다. 나의 존재감을 확인하기 위해 뜨거운 연애를 해보고 싶습니다.

여섯 번째. 약속잡기도 힘들고 만날 사람도 없을 때입니다.

젊어서는 하루가 멀다 하고 약속이고 갈 곳도 하고 싶은 것도 많더니 40이 넘고 50이 넘어가면서 만날 사람이 없습니다. 아직 내 몸에서는 에너지가 넘치는데 사회에서는 나이든 사람 취급하면서 돈이나 써야 대접받지 몇 번 지갑을 안 열었더니 부르는 사람도 없습니다. 실속 없이 모임에 나가 돈이나 쓰지 말고 연애하면서 둘이 오붓하게 놀러 다니고 싶습니다. 더 나이들기 전에, 아직 건강이 유지되고 있는 지금 로맨스를 즐기고 싶습니다. 옆에서 팔짱끼고 하하 호호 지나가는 젊은 연인들을 보면 다시 한번 청춘의 뜨거움을 느껴보고 싶습니다.

일곱 번째, 각종 데이가 찾아올 때입니다.

연말 행사나 크리스마스·생일 등 각종 기념일이 되었을 때 함께 축하해 줄 애인이 있었으면 좋겠습니다. 생일날 나를 위해 깜짝 이벤트를 준비해 주는 그런 사람이 있었으면 좋겠습니다. 애인을 위한 선물을 준비하면서 긴장되고 그날이 기다려졌으면 좋겠습니다. 어제가 오늘 같고 내일도 그저 그런 날이 아니라 매일매일이 새롭고 신선한 하루하루였으면 좋겠습니다. 연애를 하면 아마도 그 사람을 만나는 날이 기다려질 테니 하루가 얼마나 빨리 지나가겠습니까.

여덟 번째, 여행 가거나 맛있는 걸 먹으러 가고 싶은데 같이 갈 상대가 없을 때입니다.

내가 평소 너무 좋아하는 음식을 TV에서 소개했는데 같이 갈 사람이 없습니다. 벼르고 별러 가고 싶은 여행 일정을 잡았는데 혼자가야 합니다. 혼자 먹는 밥과 혼자 하는 여행이 즐겁고 유쾌하기만 하겠습니까? 사랑하는 사람이랑 맛있는 거 먹으러 가고 같이 영화보고 여행가고 싶어서 미치게 연애하고 싶습니다.

아홉 번째, 술에 취했거나 우울하거나 아플 때입니다

술에 취했거나 우울할 때 하소연하고 싶은데 들어줄 사람이 없습니다. 몸이 아파도 걱정해주는 사람도 없고 입맛 없을 거라면서 맛있는 거 해주는 사람도 없습니다. 몸이 아프면 마음도 약해지기 마련인데 이렇게 살다가 혼자 외롭게 늙어 갈까 봐 걱정도 됩니다. 빨리 좋은 사람 만나서 연애하고 싶습니다.

이상 중년에 미치도록 연애하고 싶은 순간에 대해서 말씀드렸습니다. 많은 분들이 이런 얘기를 하세요. 함께 있어서 골치 아픈 거 딱 질색이다. 혼자가 마음 편해서 좋다고요…. 그럴 수도 있습니다. 하지만 앞서 말씀드린 순간순간에는 또 연애하고 싶고 사랑하는 사람이 있었으면 하는 마음이 드는 것도 어쩔 수 없는 현실입니다. 우리는 모두 과거는 희미해지고 현실 속에서 살아가는 사람들이니까요.

love **28**

: 남자가 죽을 때까지
  잊지 못하는 여자는 어떤 여자?

편안하게 잘 지내고 계신가요?

오늘 제가 드리고 싶은 얘기는요. 남자가 죽을 때까지 잊지 못하는 여자에 대해서입니다. 추적추적 비 오는 날, 또 비틀즈 음악이 흘러나올 때, 창밖을 보며 멍하니 커피 한잔을 마시는데 불쑥 떠오르는 여자가 있으신가요? 어떤 여자만 생각하면 상처가 덧난 것처럼 가슴이 쓰리고 명치끝이 아프신가요? 나를 남자로 다시 태어나게 해주고 하루에도 몇 번씩 나를 불끈 흥분시켰던 그 여자가 그리우신가요? 어떤 남자는 자기가 군대에서 포경 수술할 때 자기 고추를 잡고 있었던 간호사를 평생 잊지 못한다고 하네요. 빨리 하라면서 첫 동정을 빼앗아 간 허름한 청량리의 집창촌 여자를 잊지 못한다는 남자도 있었습니다. 이렇게 몇 년이 지나고 몇십 년이 지나도 잊지 못하는 아니 잊혀지지 않는 여자가 있습니다. 반드시 그 여자와의 기억이 행복하고 즐거웠던 것만도 아닌데 말이에요. 그럼 남자

가 살면서 평생 잊지 못하는 여자는 어떤 여자인지 우리 한번 알아
볼까요?

첫 번째, 속궁합이 잘 맞았던 여자입니다. 최고의 신세계를 경험
하게 해준 여자입니다.

지금은 꽤 유명 인사가 되어 뉴스에도 가끔 나오는 어떤 남자가
있습니다. 서울대를 나오고 고시를 두 개나 패스하면서 여자를 모
르고 지내다가 이혼한 이후 소개받은 여자와 잠자리를 했는데 그
여자와 약 6개월 동안 미친 듯이 섹스를 즐겼다고 합니다. 하루에
도 몇 번씩 잠도 안 자고 하고 또 했답니다. 이렇게 계속하다가는
내가 죽겠구나 싶고 여자 성격이 너무 이상해서 결국 끝을 냈다는
데요. 여자와는 헤어졌지만 그 여자의 몸이 계속 생각난다네요. 다
시 만날 마음은 없지만 그 뜨거움은 잊히지 않는가 봅니다. 또 어
떤 남자는 오래전부터 알고 지냈던 여자와 사귀게 되었는데 한 2년
동안 거의 매일 하루에 두 번 이상 즐겼답니다. 보면 하고 싶고 하
고 나면 또 생각이 났다네요! 운전하다가도 갓길에 세우고 관계를
하고 인적 뜸한 공원에서도 겨울 바닷가에서도 즐기고 다녔던 그
여자와 헤어졌지만 자기를 남자로 태어나게 해준 그 여자를 지금도
잊을 수가 없다네요.

216

그래요, 남자는 속궁합이 잘 맞았던 여자를 절대 잊을 수가 없습니다. 여자의 얼굴도 희미해지고 어떤 사람이었는지 기억조차 가물가물해졌지만 그 여자의 몸과 감촉, 살냄새는 선명합니다. 기억은 추억이 되었지만 그 당시의 뜨거움은 여전히 생생하게 느껴지고 잊을 수 없는 여자 일순위입니다. 속궁합 잘 맞는 여자를 만난 기억만으로도 행복한 남자인거네요.

두 번째, 첫 키스 첫 스킨십 동정을 바친 여자입니다.
흔히들 남자는 첫사랑을 잊지 못한다고 하잖아요. 이름도 모르면서 쫓아다녔던 예쁘장한 어느 여고생, 고등학교 때 교회 누나와 나누었던 첫키스, 학력고사 마치고 미팅한 여자와의 첫 스킨십, 군대 가기 전 총각 딱지 떼준다며 친구들이 데리고 간 업소 여자와의 첫 경험! 누구에게나 자신의 첫 경험은 뜻 깊고 기억에 오래 남아 있죠! 심지어 불쾌한 기억인데도 말입니다. 처음이라 순수했고 처음이라 서툴렀던 만큼 더 강렬한 기억으로 남은 걸까요? 남자는 첫 경험을 한 여자를 죽을 때까지 잊지 못합니다.

세 번째, 모든 것을 다 바쳐 사랑한 여자입니다.
연애를 하다보면 정말 진심을 다해서 사랑한 여자가 한명쯤 있죠. 그 여자를 못 보면 죽을 것 같고 하루라도 같이 살아보고 싶었던, 내 모든 걸 잃는다 해도 갖고 싶었던 그 여자를 남자는 평생 잊을 수가 없습니다. 아직도 그 여자만 생각하면 명치끝이 아파오고 손가락은 그 여자의 전화번호를 기억하고 있습니다. 그렇게 애절하게 사랑했던 여자와 결국엔 이별을 했기 때문이며 특히 남자의 잘못으로 이별을 하게 된 경우에는 후회와 그리움이 배가되어 평생 가슴속에 묻어두는 여자가 되었습니다.

네 번째, 교제 기간이 길었던 여자입니다.

교제기간이 길었다는 것은 그만큼 함께 다양한 장소에서 사소한 일상들을 함께했다는 건데요. 추억이 삶 곳곳에 남아 있기 때문에 그 여자가 좋아했던 어떤 장소, 어떤 노래, 어떤 음식을 보면 불쑥 떠오릅니다. 지인 중에 오래 사귀다가 안 좋게 헤어진 여자가 있는데 여자가 좋아했던 간장게장만 보면 그 여자가 떠올라 간장게장을 싫어한다는 사람도 있습니다. 죽을 때까지 잊지 못한다는 게 꼭 좋은 기억으로만 남아 있는 것은 아닌 것 같아요. 싫은데도 떠오르는 안 좋은 여자에 대한 기억은 대부분 교제기간이 길었던 여자입니다.

다섯 번째, 남자가 상처를 크게 준 여자입니다.

미안함으로 잊을 수 없는 여자인 거지요. 양다리를 걸쳤다가 들켜서 헤어졌다든지 여자에게 심한 말로 상처를 주어 여자가 울면서 떠나간 경우 말이에요. 이런 여자는 내가 과거에 했던 행동을 후회하면서 잊지 못하는 경우가 대부분이라고 하네요. 아무리 나쁜 남자라고 해도 자기가 힘들게 했던 사람은 잊을 수가 없고 더구나 남자가 처한 상황이나 어쩔 수 없는 현실 때문에 여자에게 상처를 주고 헤어진 경우는 더욱 가슴 아파서 잊을 수가 없다고 하네요.

여섯 번째, 내가 사랑한 것보다 나를 더 사랑해준 여자입니다. 나에게 헌신적으로 잘 해준 여자입니다.

만나면서 자신의 모든 것을 다 이해해주고 뭐든지 주려고만 하고 남자를 위해서 최선을 다했던 여자를 어찌 잊겠습니까? 사랑을 받을 때는 그 사랑이 얼마나 큰 것인지를 알지 못하는 법이죠. 그 여자와 헤어지고 다른 사람을 만난 후에야 그 여자가 얼마나 소중한 존재였는지를 깨닫습니다. '내 인생에서 나를 그렇게 사랑해주는 그런 사람은 다시 만나지 못할 것이다'라는 것을 남자는 알고 있고 그 여자에 대한 고마운 마음을 평생 가지고 살아갑니다. 잊을 수 없는 여자입니다.

일곱 번째,남자가 어려웠을 때 곁에 있어 주었던 여자입니다.

남자가 백수로 있었을 때, 돈이 없어 삼시 세끼 해결하는 것조차 힘겨웠을 때, 사업에 실패했을 때 묵묵히 곁을 지켜줬던 여자를 남자는 잊지 못합니다. 어려움 속에서도 자기를 버티게 해준 여자를 은인으로 기억합니다. 제대로 데이트 한 번 못 하고 생일날 선물 하나 사주지 못했던 미안함에 형편이 좋아진 지금 혹시 만나게 되면 도와주고 싶다는 생각까지 가지고 있습니다.

여덟 번째, 같이 있으면 너무나 편안했던 여자입니다.

모든 사랑이 다 가슴이 뛴다거나 애절한 것은 아닙니다. 때로는 편안함으로 여자를 사랑하기도 합니다. 남자들에게 잊지 못하는 여자를 꼽으라면 나를 편안하게 해준 여자를 떠올리는 남자들이 의외로 많다네요. 보통 남자들은 연애를 하면 피곤함도 느낍니다. 사랑하지만 잔소리와 구속은 귀찮은 법이니까요. 그런데 남자에게 그런 피곤함을 주지 않고 어떤 얘기든 할 수 있는 친구처럼 모든 허물을 덮어주는 엄마처럼 편안한 느낌을 갖게 했던 여자를 남자는 죽을 때까지 잊지 못합니다.

아홉 번째, 행복한 기억이 많았거나 엄청나게 싸웠던 여자를 잊지 못합니다.

남자에게는 두 가지 경우 모두 극단적인 상황인데요. 그래서 좋든 싫든 평생 잊지 못하는 여자가 되었습니다. 짧은 기간이었지만 좋은 추억만 남긴 여자, 너무 싸워서 징글징글 했던 기억만 남은 여자 모두 말이죠!

열 번째, 병이든 사고든 예기치 않게 세상을 떠난 사람입니다.
두말할 나위 없겠죠. 청첩장까지 돌린 상태에서 여자를 교통사고로 떠나보낸 남자가 있습니다. 평생 그 여자를 가슴속에 묻어두는 바람에 끝내 다른 사랑을 못하고 혼자 사는 경우를 보았습니다. 다른 여자를 만나도 도저히 사랑한다는 말이 입에서 나오지를 않아 만나는 여자마다 서운해하면서 떠나갔다는군요.

이상 남자가 죽을 때까지 잊지 못하는 여자에 대해 알아보았습니다. 여러분들은 어떤 기억이 떠오르시나요? 아름다운 기억이건 기억하고 싶지 않은 기억이건 모두 과거네요. 과거가 있기 때문에 추억도 존재하겠죠. 미래에 후회하지 않도록 현재에 충실한 삶을 살아야 하겠습니다.

사랑이 깨지는 것보다 더 두려운 것은
사랑이 변하는 것이다

- 니체 -

love **29**

: 여자의 몸이 평생 잊지 못하는
최고의 남자는?

오늘 여러분들에게 말씀 드리고 싶은 주제는 여자가 생각하는 '침대 위에서 최고의 남자는 어떤 남자일까요?'입니다. 여자는 잠자리에서 남자의 어떤 행동을 가장 짜릿하게 느낄까요? 어떤 남자와의 섹스를 평생의 기억으로 간직하고 있을까요? 해도 또 하고 싶은 남자는 어떤 남자일까요? 헤어졌든 진행형이든 간에 남자는 여자에게 자기가 최고의 남자로 기억되기를 바랄 텐데요. 여자의 가슴속에 남아 있는 최고의 남자는 당신이 아닐 수도 있습니다. 우연히 만난 어떤 남자와의 하룻밤일 수도 있고 징글징글하게 싸우다 헤어진 남자지만 침대에서만큼은 최고의 남자였을 수도 있습니다. 여자의 기억 속에 저장된 얼굴도 기억나지 않지만 그 남자와 뜨거웠던 순간은 언제이고 어떤 느낌이었을까요? 지금부터 한번 그 순간으로 들어가 볼까요?

첫 번째, 여자가 원할 때 언제든지 가능했던 남자입니다.

자다가도 불쑥 욕구가 생기고 한 번 했는데도 또 하고 싶다는 마음이 들었을 때 어김없이 가능했던 남자입니다. 몇 번을 원하건 언제 어떤 장소에서든 여자가 신호를 보냈을 때 응답이 가능했던 남자라면 여자의 몸은 그 남자를 기억하고 있겠죠. 하고 싶은데 "다음에"라고 얘기하거나 몸이 말을 안 들어 시도하다가 마는 일이 반복될수록 여자의 몸은 그 남자에게서 멀어지고 마음도 시들해져 버리는 경우가 많습니다. 여자가 원할 때 남자반응이 없으면 여자는 '이제 내가 매력이 없어졌나? 내가 싫어졌나?'라고 자신의 문제로 생각하거든요. 여자에게 자신감을 심어주고 내가 그렇게 밝히는 여자였나 싶을 정도로 여자를 흥분시켜주는 왕성한 남자는 여자에게 최고의 남자로 기억되겠지요. 현재 헤어졌다 하더라도요.

두 번째, 할 때마다 느끼게 해주었던 남자입니다.

평생 오르가슴을 한 번도 느끼지 못했다는 여자가 30%를 넘는다는 사실 아시죠? 또 여자는 보통 한 남자와 관계를 시작하고 일정한 세월이 흘러 남자에게 길들여져야 절정을 느낄 수 있습니다. 그런데 시간이 흘러 서로의 몸에 익숙해졌는데도 끝나고 나서 개운하지 않다거나 뭔가 미지근한 느낌이 드는 남자는 그 부분에서는 만족을 주고 있지 못한 거예요. 할 때마다 여자를 몇 번씩 느끼게 해준 남자를 만났다면 여자의 몸은 늘 개운하고 그 남자와의 잠자리를 기다렸을 것입니다. 헤어진 후에 연락이 와서 가끔 잠자리만 하면 안 되냐던 여자 이야기를 들은 적이 있습니다. 지금은 비록 헤어졌어도 하고 싶을 때 그 남자가 떠오를 것이고 만약 지금 만나는 남자가 그런 만족을 주고 있다면 최고인 남자와 함께하고 있는 것입니다.

세 번째, 키스가 너무나 달콤했던 남자입니다.

남자보다 여자가 보통 키스를 더 좋아합니다. 남자는 본론을 빨리 들어가기를 원하고 여자는 달콤함을 원해서일까요? 보통 남자들은 키스를 행위의 전 단계쯤으로 여기고 별로 중요하게 생각을 안하죠. 연애 초기에는 그래도 좀 자주 했던 것 같은데 연애 기간이 길어질수록 언제 했는지 기억도 나지 않는다는 여자들 많습니다. 그런데 여자들은 직접적인 행위보다도 달콤한 키스만으로도 행복한 경우 많습니다. 그것만으로도 절정을 느낄 수 있다는 여자들도 있으니까요. 그래서 여자는 관계와 상관없이 달콤함을 선사했던, 입술이 너무나도 예뻤던 그 남자를 평생 기억합니다. 설사 관계 시에는 제대로 되지도 않고 엉망이었다고 해도 말이죠.

네 번째, 보기만 해도 몸이 달아올랐던 남자입니다.

여자들도 이런 경험이 있습니다. 하기 전에는 몸이 달아올랐는데 막상 하고 나니까 실망을 하고 다시 하고 싶지 않다는 생각이 들었던 남자를 만난 경험을요. 서로 맞지 않았거나 서툰 남자를 만났을 경우입니다. 반대로 이제 막 시작하는 커플이거나 남자를 많이 사랑하는 경우 또 합이 너무 잘 맞는 남자를 만났을 경우 여자는 그 남자를 상상만 해도 몸이 달아오르고 스킨십을 하고 싶어집니다. 자꾸 만지고 싶고 자꾸 하고 싶은 남자를 만난 여자의 몸은 평생 그 사람과의 경험을 기억하고 있습니다. 여자를 여자로 느끼게 해주었으니까요.

다섯 번째, 불가능한 장소에서의 추억을 갖게 해준 남자입니다.

불륜이거나 연애 초기에 가능한 경험이겠네요. 짧지만 강렬한 느낌을 갖게 해준 남자를 여자는 잊지 못합니다. 남산 언덕길 어디에서인가, 한강 고수부지에서인가, 한적한 바닷가, 주차장 등에서 누가 보지 않을까? 문을 두드리지 않을까 하는 조바심을 가지고 나눈 사랑은 여자에게 짜릿한 기억으로 남아있겠지요. 특히나 연애 초기라면 한참 불타오르는 상태일 것이고 불륜 관계라면 내일을 기약할 수 없는 상대이기 때문에 더 느낌이 컸겠죠. 여자의 몸은 추억으로 그 남자를 기억하고 있을 것입니다.

여섯 번째, 너무나 사랑받고 있다고 느끼게 해준 남자입니다.

항상 여자를 사랑스러운 눈빛으로 바라봐주고 머리카락을 쓰다듬어 주고 사랑을 나눌 때도 혼자 흥분하지 않고 여자를 배려해주는 남자라면 여자에게는 최고의 남자입니다. 설사 남자가 좀 서투르고 제대로 안 되더라도 여자는 남자에게 사랑받고 있다고 느끼면 부족한 부분을 참을 수 있습니다. 말로써가 아닌 몸으로 남자의 사랑을 느끼기 때문입니다. 이런 남자와 관계할 때 설사 오르가슴을 느끼지 못하더라도 여자에게는 최고의 남자입니다. 사랑은 최고의 무기이고 기술이니까요.

일곱 번째, 여자가 만족할 때까지 사정을 참아주는 남자입니다.

여자들이 가진 불만 중 가장 큰 것이 여자는 아직인데 남자는 끝나버렸을 때입니다. 이런 경우가 반복되면 여자는 이 남자와의 관계가 기다려지는 것이 아니라 하기 싫어질 수도 있습니다. 반대의 경우도 있겠군요. 여자는 끝내고 싶은데 남자가 아직일 때요. 두 가지 다 여자는 싫겠지만 그래도 여자에게는 전자가 더 중요할 겁니다. 매번 그렇게 할 수는 없겠지만 여자가 느낄 때까지 참을 수 있는 남자는 최고의 남자입니다. 가장 중요한 순간에 남자가 참는다는 것은 여자를 배려하기 때문이니까요. 여자는 고마움을 느낍니다.

여덟 번째, 잘 맞는다고 느끼는 남자입니다.

별다른 노력도 하지 않았고 특별히 기대 하지도 않았는데 의외로 속궁합이 잘 맞는 남자가 있습니다. 이런 느낌을 서로 갖게 되면 두 사람은 헤어지기도 쉽지 않을뿐더러 급속도로 서로에게 빠져듭니다. 크기라든가 강직도 때문만이 아니라 여자의 신체구조와 잘 맞는 남자를 만났기 때문입니다. 평생 이런 대상을 만나지 못한 여자가 더 많습니다. 대부분은 서로 노력으로 맞추어 가니까요. 만약 이런 남자를 만났다면 여자는 전생에 나라를 구한 걸까요? 최고의 남자입니다.

마지막으로 크기도 하고 발기도 잘 되고 시간도 적당하고 나만 사랑해주는 남자를 만났다면 여자는 그 남자를 절대 놓치시면 안 됩니다. 바람기도 없고 항상 여자에게 만족을 주는 그런 남자를 만날 확률은 10% 미만일 테니까요.

이상 여자의 몸이 잊지 못하는 최고의 남자는 어떤 남자인지 말씀드렸습니다. 여기서는 사랑이나 정신적인 부분을 제외한 경우를 말씀드린 거라서 행복 여부와는 상관없습니다. 남자를 사랑하는 이유가 꼭 관계 때문만은 아니니까요.

love **30**
: 중년 여자들이 꿈꾸는 일탈과 S 판타지

오늘은 중년 여자들이 꿈꾸고 있는 일탈과 사랑과 성 판타지 대해서 말씀드리겠습니다. 반복되는 일상에 어제가 오늘 같고 참 많이 살았다고 느끼는 중년이 되었지만, 마음 한구석에는 언제나 소녀 같은 감성이 존재하는 게 여자입니다. 그래서 동창들을 만나면 어린 시절로 돌아가 말도 편하게 하고 큰 소리로 노래하고 수다도 떨게 되는데요. 친구들과 있으면 젊은 날의 뜨거움과 열정이 되살아나기 때문이죠. 중년 여자들은 그런 열정으로 하룻밤 일탈도 해보고 싶고 불같은 사랑도 해보고 싶습니다. 재혼을 해서 남편하고 깨가 쏟아지는 친구를 보면서 자기도 연애를 하고 싶은데 유부녀라 안 되니까 우울하다는 여자도 있습니다. 중년 여자들이 꿈꾸는 연애는 세월을 떠나 현실을 떠나 오로지 한 여자로서의 자기 욕망에만 충실해 보고 싶습니다. 거울을 볼 때마다 느껴지는 주름의 깊이와 엄마 손을 떠난 아이들의 빈자리와 옆에 있지만 남자가 아닌 가족이 되어버린 남편을 잠시 뒤로 하고요. 더 늙기 전에 여자로 살아 보고 싶은 로망이 있는 거죠! 물론 대부분은 현실에서는 이루어지지 않기 때문에 로망이라는 표현을 하는 것일 텐데요. 그럼 나이를 떠나 누군가를 보면서 설레고 실컷 사랑하고 절정도 맛보고 싶은 중년 여자들이 꿈꾸는 판타지에 대해서 살펴보도록 하겠습니다.

첫 번째, 섹스 판타지입니다.

여자들도 한 번쯤 은밀하고도 파격적인 잠자리를 생각해보지 않았을까요. 물론 중년여자들이 이 판타지를 실제 행동으로 옮긴다는 말은 아닙니다. 다만 마음속으로 그런 상상을 하는 것뿐이죠! 남자에게 침대 위에서 제압당해 봤으면 좋겠습니다. 제발 그만하라고 사정할 만큼 침대 위에서 여자를 점령할 수 있는 남자와의 하룻밤을 꿈꾸어 봅니다. 또 처음 보는 남자와 분위기 좋은 펜션에서의 진한 정사도 꿈꾸어 봅니다. 나이도 직업도 사는 곳도 모르지만 밤새도록 서로를 어루만지며 즐겨보고 싶습니다. 내일을 기약할 수 없기 때문에 더 간절하겠지요. 또 깊고 진한 오랄도 받아보고 싶습니다. 손보다 부드러운 입속의 혀로 말이죠! 마치 키스를 받는 느낌으로 그곳을 애무받아 보고 싶은 로망이 있습니다.

두 번째, 낯선 장소에서 예정되지 않는 하룻밤 사랑입니다

여자들은 집에서 생활하는 시간이 많다 보니 집을 떠나는 것 자체가 로망일 수도 있습니다. 오죽하면 중년 여자들에게 주부방학이 필요하다는 말이 나왔을까요! 밥 걱정, 살림걱정 필요 없는 낯선 곳으로의 여행만으로도 행복 충만 인데 거기에다가 별이 쏟아질 듯한 해변에서의 정사, 여행길 자동차 안에서의 짧고 짜릿한 스킨십, 풀 빌라에서 전라로 누워 누군가의 오일 마사지 받기 등 여자들은 특별한 장소에서 환상적인 하룻밤 사랑을 꿈꾼다고 합니다. 상상만으로도 얼굴이 발그레해지고 흥분되고 한번쯤 해보았으면 하는 로망입니다.

세 번째, 죽을 때까지 잊을 수 없는 뜨거운 사랑을 해보고 싶습니다.

남녀가 만나서 영원한 사랑을 할 수 있을까요. 결혼 20년차나 30년차 이상한테 "서로 사랑합니까?"라고 물어보면 자신 있게 "사랑하고 있다."라고 말할 수 있는 사람, 별로 없을 텐데요. 우리는 모두 알고 있습니다. 사랑이란 게 얼마나 부질없는 것이며 현실 앞에서 얼마나 쉽게 변할 수 있는지를요. 그렇지만 여자들은 왜 또 그 부질없는 사랑을 해보고 싶은 걸까요. 보고 있어도 보고 싶고 곁에 없

어도 같이 있는 듯 느껴지고 맛있는 걸 먹을 때마다 생각나고 그 사람에게 전화 올까봐 전화기만 쳐다보게 되는 그런 애절한 사랑을 해보고 싶은 마음요. 여자의 감수성은 나이가 들었어도 마찬가지인가 봅니다. 설레임, 그리움, 안타까움, 간절함 등의 감정을 다시 한 번 느껴보고 싶습니다. 추억의 한 페이지가 아닌 현재진행형으로요. 여자들의 이런 로망 때문에 애절한 사랑 이야기는 드라마의 영원한 소재가 되고 대리만족을 선사하는가 봅니다.

네 번째, 시간에 구애받지 않고 같이 쇼핑하고 갖고 싶은 물건 척척 받아 보는 연애를 해보고 싶습니다.

장바구니 들고 시장 보는 거 말고요. 저는 개인적으로 쇼핑을 싫어하지만 많은 여자들이 쇼핑 하는 걸 좋아하죠. 하지만 남자들은 대부분 그 시간을 참기 힘들어합니다. 빨리 가자고 눈치주고 왜 그렇게 비싼 걸 사냐고 잔소리하지 않는 남자와 쇼핑하고 싶습니다. 같이 물건도 골라 주고 시간이 걸려도 싫은 내색 하지 않고 가격이 비싸서 사고 싶은데 망설이는 여자를 대신해 카드를 척척 내어 주는 남자와의 연애요. 쉽지 않으니까 로망이겠죠 여러분.

다섯 번째, 같이 있을 때 돈 걱정할 일 없는 남자와의 연애입니다.

돈 많은 남자를 싫어할 여자는 없겠지요. 그렇지만 돈이 아무리 많아도 여자한테 돈을 쓰지 않는 남자라면 여자 입장에서는 별 매력이 없습니다. 그래서 요즘은 돈이 많은 남자인가가 아니라 돈을 잘 쓰는 남자인가를 먼저 물어본다 하네요. 여자의 지갑을 열지 못하게 하는 남자와 데이트를 하면 여행을 가든 쇼핑을 하든 분위기 좋은 식당에 가든 걱정할 필요가 없습니다. 가끔씩 내 돈 주고 살 수 없는 선물도 받고요. 살면서 숨 쉬는 거 빼고는 모든 게 돈이고 뭐하나 사려고 해도 돈 걱정부터 해야 하는 팍팍한 삶에서 함께 있는 동안만이라도 걱정 없게 만들어 주는 남자 판타지입니다.

여섯 번째, 재미있는 남자와 연애하고 싶습니다.

돈이나 외모도 중요하겠지만 중년 여자는 유머러스한 남자를 좋아합니다. 화가 나 있는 여자를 기분 좋게 풀어줄 줄 알고 딱딱한 분위기를 부드럽게 만들어 주고 같이 있을 때 많이 웃게 만들어 주는 사람이요. 아마도 현실에서 웃을 일이 별로 없는 생활이다 보니 많이 웃게 만들어 주는 사람과 연애하고 싶은가 봅니다. 유머감각은 순발력과 상황파악 능력과 적절한 표현력이 필요하다 보니 책으로도 배울 수 없습니다. 타고나는 부분이 있습니다. '여자들에게 내가 왜 인기 없지'라고 생각하는 남자 분들은 본인이 얘기할 때 여자

들이 지루해하지는 않는지, 재미없어 하지는 않는지 살펴보시면 답
이 나옵니다. 못생겨도 재미있는 남자가 인기 있는 이유는 함께 있
는 시간이 늘 유쾌하기 때문입니다. 특히 "밥 먹자", "자자", "불 꺼
라"라고 꼭 필요한 말만 하는 남자와 살고 있는 여자라면 로망 일순
위이겠네요.

일곱 번째, 사랑해라는 말을 자주 해주고 예뻐해주는 남자와 연
애하고 싶습니다.

부부들의 대화를 보면 언제 키스했는지 기억나지 않는다는 경우
도 많고요. 사랑한다는 말은 꿈속에서나 들어본 것 같답니다.

물론 외모 칭찬도 좋지만 여자는 사랑한다는 말을 제일 좋아합니
다. 나이가 들었어도 여자로서의 존재감을 늘 확인받고 싶은 철없
는 모습입니다만 여자는 사랑해라는 말을 천만 번 들어도 좋아합
니다. 더불어 꼭 성관계가 아니어도 여자를 어루만져주고 쓰다듬어
주고 예뻐해주는 남자와 연애를 하고 싶습니다. 예쁨 받는 여자는
나날이 향기로워지고 아름다워질 것이기 때문입니다. 여자의 로망
입니다.

이상 중년 여자들이 꿈꾸는 연애와 사랑의 판타지에 대해서 말씀

드렸습니다. 역시 여자는 여자라고요? 아직도 꿈속에 있다고요? 애 같은 소리 하지 말라고요? 맞아요. 여자는 영원히 소녀이고 어린아이 같은 감성을 가지고 있어요. 그런 여자들을 나무라지만 마시고 남자 분들! 옆에 있는 짝꿍을 돌아봐 주세요. 여자로 바라봐 주세요~ 여자들이 꿈꾸는 연애 대상자가 되어 주세요.

남자는 언제나 여자의 첫사랑이 되고 싶어하고,
여자는 남자의 마지막이 되고 싶어한다.

- 메리 파이퍼 -

love **31**
: 중년에 달라져야만 하는 잠자리 맛!

　오늘 제가 드리고 싶은 얘기는요. 중년에 달라져야만 하는 잠자리 맛입니다, 밥은 각자 먹어도 밤일은 각자 못한다는 말이 있는데요. 혼자 할 수 있는 행위가 아니라서 우리들에게 늘 고민과 갈등을 던져주는 주제입니다.

　어느 날 부터인가 갑자기 변해버린 아내 때문에 젊으나 나이 드나 한결같이 일방적인 남편 때문에 중년 부부들의 잠자리를 둘러싼 전쟁은 영원하죠. 밥 먹고 물 마시고 숨을 쉬는 것이 언제나 자연스러운 생리 현상이듯이 중년이든 노년이든 성에 대한 욕구 역시 자연 현상이기 때문에 발생하는 일입니다.

　하지만 나이가 들면 성 기능이 떨어지고 성적 능력의 개인차가 존재하기 때문에 남녀를 불문하고 욕구가 있다 하더라도 관계의 목적과 방식이 달라져야 합니다. 이 또한 자연스러운 현상입니다. 저는 본능적인 감각에 좌우되고 열정에 들떠 앞뒤전후 분간 못하는 청년기 때가 아니라 중년 이후의 잠자리야말로 인생에서 가장 순수하고 원숙한 사랑을 꽃피울 수 있는 시기라고 생각합니다.

관계를 통해 육체적인 만족과 정서적 안정감을 동시에 느낄 수 있는 시기이기 때문입니다. 그렇다면 중년의 성은 무엇이 달라져야 하고 어떤 느낌이어야 할까요? 오늘 제가 한번 말씀드려 보겠습니다.

첫 번째, 성적 능력과 기능은 떨어졌지만 욕구는 그대로인 중년의 잠자리는 친밀감과 교감의 한 과정이어야 합니다.

성호르몬의 영향을 받는 우리의 육체는 남자는 20대에 최고조에 달해서 30대까지 유지되다가 40대부터 감퇴하고, 여자의 능력은 30대 말경 최고조에 달해 40대까지 유지하다가 50대에 가서 감퇴합니다. 하지만 실제로 성 기능과 욕구는 남녀 모두 80세 이후까지도 유지되며 관심이나 호기심은 나이와 상관없이 영원히 지속됩니다.

제 채널에 중년 이상의 시청자 분들이 많으신데 항상 많은 관심과 댓글들을 달아 주시는 것만 보아도 그렇습니다. 그런데 젊을 때와 달리 중년 이후의 성생활은 쾌락의 측면보다 정서적 친밀감이 더 크게 느껴져야 하며 이러한 변화는 노화를 지연시키는 중요한 역할을 합니다. 또 즉각적이고 충동적이기보다는 오랜 경험에 의해서 사정을 지연시키고 흥분을 배가시킬 수 있는 방법을 알고 있기 때문에 기능은 떨어져 있어도 즐거움은 더 커질 수 있습니다. 강도는 약하지만 지속적이고 잔잔한 흥분을 유지함으로써 서로 친밀감을 공유하고 만족감과 안정감까지 가져다주기 때문이지요. 그래서 중년에는 횟수나 강도보다 관계의 지속성과 애정 어린 스킨십이 더 중요합니다. 나이 들었다고 포기하지 마시고 관심 떨어졌다고 외면하지 마시라는 이야기입니다.

부부간 성욕의 차이는 부부 갈등의 주 원인이 됩니다. 특히 50대 이상의 경우 한쪽이 계속 거부하다 보면 짜증이 나고 화가 나며 상대에게 무시된다는 생각까지 들게 되어 무늬만 부부로 남게 되는 경우 많죠. 식욕은 혼자서 해결하고 만족할 수 있지만 성욕은 상대가 있고 서로 맞지 않으면 부부 사이가 멀어지는 원인이 되기 때문입니다.

왜 관계를 적게 또는 많이 원하는지에 대한 입장을 솔직하게 털어 놓아야 합니다. 그리고 나서 남편과 아내 모두 편안한 마음으로 관계를 즐기시면 됩니다. 몸에 무리가 가지 않는 범위에서요. 기억하세요! 열정이 아닌 횟수가 아닌 몸으로 느끼는 친밀감과 유대감이 중요하다는 것을요.

두 번째, 중년에는 더욱 여자 중심의 S를 해야 합니다.

100세 시대에 얼마나 오랫동안 일할 수 있는지가 나의 존재를 증명하는 것이라면 얼마나 오랫동안 잠자리를 하느냐는 부부관계를 증명하는 행위라고 볼 수 있습니다. 중년 이후에도 계속해서 부부관계를 가질 생각이라면 서로 솔직하게 자평하고 개선점을 찾는 것이 좋습니다.

여자의 몸은 남자의 몸보다 상대적으로 큰 변화를 겪는데요. 초경을 하고 아기를 낳고 양육하고 폐경까지 이르는 과정 속에서 변화의 폭이 크기 때문에 남자의 세심하고 부드러운 배려가 필요했지만 그렇지 못한 경우가 더 많습니다. 그러다 보니 어느 날 쉰이 훌쩍 넘은 아내는 이렇게 이야기할지도 모릅니다. "그동안 나 할 만큼 했잖아. 애들 낳아주고 키우고 이제 우리 공장 문 닫자"라고요.

만약 아내가 그렇게 말하거나 부부관계 갖기를 싫어한다면 그 원인은 남편 위주의 섹스 패턴에 있다고 지적할 수 있습니다. 남자는 기본적으로 사정이 목적입니다. 그리고 남자는 발기도 빨리 되지만 여자는 그렇지 않다 보니 젊은 시절에는 대부분 남자의 일방적 요구와 행위였을 것입니다. 그러다보니 평생 동안 여자 중 30%가 한 번도 오르가슴을 느껴보지 못했다는 통계까지 있는 현실입니다.

여자가 절정을 느끼면 온몸이 진동하는데요. 이건 오로지 관계를 통해서만 느낄 수 있는 둘 사이의 엄청난 에너지이고 이 에너지

는 늙어가는 몸과 늘어진 관계 속에 엄청난 치유의 힘을 발휘하게
됩니다.

그러므로 중년에 사정이 목적이 아닌 서로가 만족하는 성생활을
하려면 폐경기에 접어든 여자는 성 교통이 생길 수 있기 때문에 여
자 중심의 잠자리를 해야 한다고 말씀드리는 것입니다. 여자가 충
분히 달아오르고 느낄 수 있도록 더 배려하고 애무에도 더 많은 노
력이 필요하다는 것이지요. 별다른 애무 없이도 흥분이 가능한 시
기가 지났거든요. 남편은 아내의 성감대를 정성껏 애무해주고 여자
는 스스로 흥분을 끌어올리려는 노력을 해서 서로에게 즐거움을 주
고 절정을 느끼며 사랑한다는 메시지를 주고받아야 합니다. 한쪽
만 노력해서는 안 됩니다.

세 번째, 남자와 여자는 몇 살까지 성욕을 느낄까요?

남자들은 보통 70대까지 느낀다고 하는 반면 여자들은 무한대라
고 하는데요. 할머니가 되어도 욕구가 생길까요. 정답은 '그렇다'입
니다. 여자들의 절정기는 40대이지만 폐경기가 지난 여자들 가운데
23%가 욕구가 증가했다는 조사도 있습니다. 여자들에게 가장 크게
영향을 미치는 건 여성 호르몬인데요. 에스트로겐은 정상적인 분비
액을 유도하여 질 건조감을 없앰으로써 원활한 관계를 가능하게 해

줍니다. 그러나 아이러니컬하게도 여자의 욕구는 극소량 분비되는 남성 호르몬인 테스토스테론의 영향을 받는다고 하는데요. 여성 호르몬은 폐경기를 겪으면서 급감하는 반면 남성 호르몬은 계속해서 생성되기 때문에 여자들 또한 나이가 들어도 욕구가 유지될 수 있는 것입니다.

네 번째, 그럼 몇 살까지 잠자리가 가능할까요?

욕구는 살아있지만 횟수는 중년기로 접어들면서 급격히 감소하는데요. 남자는 20대 때 하룻밤에 4회 이상 사정할 수 있지만 30대를 넘어서면 감소하기 시작하여 하루에 1~2회로 만족하며, 50대에는 일주일에 1~2회 정도로 만족한다고 합니다. 노년기에는 더 줄어들기는 하겠지만 의약품의 도움도 받아가며 충분히 즐길 수 있습니다.

얼마 전 76세에 여자 친구의 임신으로 화제가 된 모 탤런트의 사례만 봐도 알 수 있습니다. 반면 여자는 50세를 전후해 폐경기가 되면 난소에서 여성 호르몬 생산이 급감하고 생리가 없어지며 배란도 중단되는데요. 이때는 성적으로 흥분이 되어도 질 분비액이 적게 나오게 됩니다. 그래서 관계를 가질 때 통증을 느끼고 가벼운 상처만 있어도 출혈이 생기다 보니 자연히 관계를 기피하게 된다고 합니다.

분비액을 대신 할 수 있는 윤활유가 필요할 수는 있지만 여자도 충분히 욕구를 느낄 수 있다고 말씀드렸습니다. 나이 상관없이 방법을 찾아가며 서로 즐거운 마음으로 관계를 가질 수 있습니다.

　이상 중년에 달라져야만 하는 잠자리에 대해서 말씀드렸습니다.
　나이가 들면 이래야 한다는 고정관념 대신 나이는 숫자에 불과하다는 흔한 이야기를 몸소 실천해 나가셨으면 좋겠습니다.